KB059026

Awamura Akamitsu
아와무라 아카미츠
Illustration
mmu
번역 손종근
내 여사친이
최고로 귀여워

나카무라 카이
고2 오타쿠 남자.
다양한 취미에 전력.
뭐 잡을래,
준?

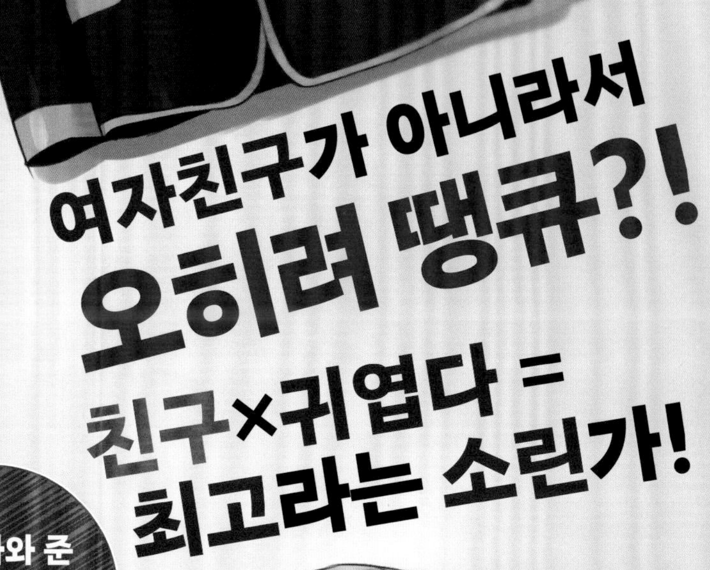

Illustrations © mmu

그, 그럼
만지겠습니다.
친구로서.

친구로서.

그렇게나
가슴이 좋다면
만지게 해줄까?

사랑이 아니니까 세이프……인 거야?!
본능이 시험당하는 우정&알콩달콩!

Illustrations © mmu

"……그래도 돼.
친구잖아."
멋 안 부려도 돼.
진정한 친구니까.

"……좀 더
응석 부려도 돼?"
Illustrations © mmu

CONTENTS

oreno onna tomodachi ga
saikou ni kawaii.

내 여사친이 최고로 귀여워.

1

아와무라 아카미츠 지음 / mmu 일러스트 / 손종근 옮김

나카무라 카이

Nakamura Kai

고등학교 2학년.
다양한 취미에
전력으로 몰두하는
남자아이.
고등학교에
입학하면서
만난 준과
취미의 상성이
딱 맞아서
둘도 없는
친구가 되었다.

미야카와 준

Miyakawa Jun

고등학교 2학년.
학년 최고의
미소녀라고도
일컬어지는 인기인.
온갖 장르의
취미에서 카이와
서로를 이해해주는
기적의 여자사람 친구.

호테이 코토부키

Hotel Kotobuki

고등학교 1학년.
카이가 아르바이트하는
가게의 여자사람 친구.
장난기 많은 캐릭터로
보이지만 사실은
두부 멘탈인 후배.
카이한테 접객을
배우는 중.

후지사와 레이나

Fujisawa Reina

고등학교 2학년.
학년 제일의 '미녀'라고
불리는 여자아이로,
준과는 옛날부터
친구사이.
카이한테도
관심이 있는
모양이라……?

프롤로그

나카무라 카이가 입학한 아사기 고등학교는 자유로운 교풍이 포인트인 사립학교이다.

수업 중만 아니라면 휴대전화는 물론 게임기 사용도 OK.

"진짜?! 학교에서 게임해도 되는 거야?!"

골수까지 오타쿠인 카이는 그 이야기를 듣고 어떻게든 지망할 수밖에 없었다.

그랬는데——.

"안녕! 난 미야카와 준이야."

입학식도 끝나고 신입생들이 각 교실로 이동해서 첫 HR이 시작되기를 기다리는 시간.

옆자리에 앉은 여자가 갑자기 이야기를 건넨 것이었다.

"어, 아, 안녕. 어어, 난, 나카무라 카이!"

카이는 허둥지둥 인사에 답했다.

자신은 딱히 소통 능력에 장애가 있지는 않았다. 여자하고도 평범하게 이야기할 수 있었다. (센스 있는 대화를 즐기는 건 무리지만!)

그럼에도 이만큼 깜짝 놀라고 만 이유는 명백했다.

상대가 터무니없는 미소녀였기 때문이었다.

째진 눈은 어쩐지 장난기가 느껴지는 분위기를 머금었고, 어른도 어린아이도 아닌 이 또래 소녀한테서만 느낄 수 있는 명랑

Illustrations © mmu

쾌활한 공기를 강하게 의식토록 만들었다.

콧날은 산뜻하게 뻗었고 입술은 희미한 벚꽃색.

내추럴 메이크업인데도 하이틴 잡지의 표지를 장식하더라도 이상하지 않을 만큼 훌륭한 용모였다.

밝은 색깔의 머리카락을 뒤로 한데 묶어서 어깨 앞까지 파도치듯 퍼뜨렸다. 게다가 갈라진 머리카락 하나 없이, 교실에 비쳐드는 봄의 햇살조차 그녀의 매력으로 끌어들여버리듯이 부드러운 광택을 띠고 있었다. 그렇게 손질하는 것이 얼마나 힘든지를, 집에서 누나가 엄청 떠들어댔기에 카이는 알고 있었다.

가장 중요한 것은, 훌륭한 그 바스트의 파괴력! 또래 녀석들의 시선이 못 박혀버릴 수밖에 없을 볼륨감으로 넘쳤다.

"준이라고 불러! 옆자리니까 앞으로 잘 부탁해~."

그녀는 어마어마한 미소 그대로 자신을 가리키며 말했다.

그렇다, 어마어마하다. 여자 특유의, 교태를 부리는 느낌 같은 것은 전무. 눈부실 정도로 청초했다.

"나, 나도, 카이라고 부르면 돼."

"그럼 그렇게 할게, 카이!"

'그렇다고 해서, 갑자기 이름으로 부르냐고!'

가볍게 놀라서 숨을 삼켰다.

다만 전혀 불쾌하지는 않았다. 오히려 반대. 이런 미소녀가 친근하게 이름으로 부르니 기쁘기도 하고 간질간질하기도 했다.

'나, 이 학교에 오길 잘 했어…….'

지망 동기는 어디까지나 게임이 목표였는데, 덕분에 설마 이런 귀엽고 싹싹한 아이와 옆자리가 될 수 있다니!

그 행운을 곱씹는 사이, 옆에서 준이 가방을 열기 시작했다.

이미 마스코트 캐릭터로 가득한, 여자아이다운 가방이었다.

'틀림없이 안에서 화장 도구라도 나오겠네.'

그리 생각했더니 또 깜짝.

준이 어쩐지 득의양양하게—— 슥 꺼낸 것은 휴대용 게임기, Switch였던 것이다!

그리고 "그야말로 이때를 기다렸습니다"라는 듯이 신이 나서는 당당하게 플레이 개시.

'어? 어?'

그만 빤히 쳐다보고 마는 카이.

그게 그렇잖아? 확실히 게임을 하는 여자라면 요즘 시대에는 드물지도 않다. 그렇다고 해서 입학식 날까지 게임을 가져오나? 게다가 행사가 끝나고 갑자기 시작하나? 이다음에 바로 HR인데? 아무리 게임 OK인 학교라도 너무 대담하잖아!

——그런 카이의 시선을 느낀 것이리라.

"신경 쓰여?"

준은 게임 화면에서 시선을 들지 않고 물었다.

"어…… 아, 아아. 뭐 하는데?"

"야숨!"

"어, 젤다? 좋겠다."

카이는 옆자리를 향해 몸을 내밀었다. 더욱 가까운 곳에서 게임 화면을 보려고 했다.

첫 대면인 미소녀와의 거리를 확 좁힌다는 부담보다도 오타쿠로서의 흥미와 관심이 웃돌았다.

발매 이후로 대략 1년이 지났는데도 아직 화제인 이 게임. 자신도 원했지만 얼마 안 되는 용돈으로 꾸려 나가는 신분으로서는 그만 미뤄 버렸던 것이다. 이 세상에 원하는 게임이나 만화나 라이트노벨이 너무나도 많은 것이었다.

준이 즐겁다는 듯이 연못에 폭탄 같은 것을 건지고, 둥실 떠오른 물고기를 잡는 모습(낚시 참 지독하게 하네!)을 카이도 즐겁게 옆에서 바라봤다.

“괜찮으면 카이도 해볼래?”

“으응…… 땡큐. 하지만 그만둘래.”

“그래? 사양할 것 없는데.”

“사양하는 게 아니고.”

예를 들면 마리오 카트나 스매시브라더스같이 한 번의 플레이가 짧은 액션 게임이라면 모를까, 야숨은 제대로 딱 자리를 잡고 노는 게임이다. 어중간하게 건드리고 싶지 않았다. 언젠가 사서 플레이할 때까지 즐거움은 아껴두고 싶었다. 물론 더욱 깊은 감동을 느낄 수 있도록!

──그런 취지의 이야기를 빠른 말투로 마구 떠들어댔다.

그렇다, 오타쿠의 천성으로 그만 마구 떠들어 대고 만 다음,

‘첫 대면인데 이러다니 질렸으려나……?’

가볍게 그리 후회했다. 하지만,

“나도 알겠어! 그렇지. 간단히 건드리면 안 되는걸. 미안해,

내가 잘못했어!"

준은 게임에서 고개를 들더니 이쪽을 향해 서글서글하게 웃었다.

또 어마어마한 미소를 보여주었다.

카이는 이미 그 매력적인 표정에 넋을 잃기도 하고, "설마 여자가 이런 게이머의 정신을 알아주다니!"라고 공감을 얻었다며 감동하느라 바빴다.

"그리고 말이지――."

흥분이 식지 않은 상태로, 준에게 말했다.

"――게임이라면 충분하니까."

자신도 가방에서 Switch를 스윽 꺼냈다.

"아핫♪ 보통 입학식까지 가져오나?"

"뭐, 평범하지 않은 사람이 그런 소릴 해도."

서로 농담을 던지며, 카이는 Switch를 켰다.

지금 그 대화는 어쩐지 오래된 친구 같은 호흡이었다고 생각하며 모험을 시작했다.

카이와 준.

옆자리에 앉은 사람들끼리, 각자가 게임에 몰두했다.

그래서 두 사람은 깨닫지 못했다.

이날 이 타이밍에 갑자기 게임을 시작한 두 사람을 보고 주위에서는 가볍게 질려 있었다.

두 사람을 멀리서 둘러싸며 "어, 이 사람들 뭘 하는 거야……"

라는 표정이 되어 있었다.

특히 준은 외모가 눈에 띄는 만큼 말을 건네고 싶은 남자도, 여자도 잔뜩 있었지만, 이런 분위기 속에서 다가가는 것은 주저했다.

게임을 하면서도 마음 편하게 대화를 주고받는 것은 카이와 준, 당사자들뿐.

다시 말해서 어떤 의미로 "두 사람의 세계"를 만들어 낸 것이었다.

다른 누구도 들어갈 수 없는 분위기를 벌써부터 자아낸다.

지극히 평범한 남자와 엄청 세련된 여자── 옆에서 보면 마치 다른 세계의 주민처럼 보이는 두 사람이, 하지만 게임이라는 하나의 취미를 매개로 해서!

"이거, XX(더블크로스)? 금뢰공 사냥?"

"다리 장비가 꼭 있었으면 해서."

야숨을 하며 던진 준의 물음에 몬헌을 하며 카이는 대답했다. 그 장비 디자인이 야하니까, 라는 제작 이유는 그래도 말하지 않았다.

"하지만 말이지, 몬헌은 새로운 거 나왔잖아? 그거 오래되지 않았어?"

"아니, 그야 월드가 나왔는데…… 그거 PS4니까. 학교에 들고 올 수는 없지."

거치식 기기가 아닌 Switch로 할 수 있는 것은 XX밖에 없으니까, 이미 오래된 시리즈라는 사실은 알면서 플레이하는 것이었다.

"집에 가면 그야 월드 할 거야."

"어, 가지고 있어?!"

준은 또다시 화면에서 고개를 들고 이쪽을 향해 물었다.

"뭐. 모아놓은 용돈으로."

PS4 본체도 비쌌으니, 오히려 야숨을 계속 보류하는 최대의 원인이라고 할 수 있었다.

"좋겠네~."

"어, 그게── 준은 안 가지고 있어?"

뭐라고 부를지 한순간 망설인 끝에, 상대의 방식에 따라서 편하게 불러봤다.

준은 신경 쓰기는커녕 카이의 작은 갈등에도 개의치 않고,

"요번에 갖고 싶은 만화랑 앨범이랑 립스틱이랑 샌들 신작이 너무 나와서 말이지~."

"그, 그런가……."

카이가 이제까지 만난 사람들 가운데서는 "만화도 있지만 멋이 최우선!"이라는 세련된 아이나 "애니메이션 좋지! 멋은 다음이고!"라는 오타쿠 여자가, 양쪽 모두 평범하게 있었다.

하지만 준같이 "양쪽 모두 양보할 수 없어!"라는 느낌인 아이는 처음 만났다.

그보다도 몬헌 같은 피가 끓는 뜨거운 게임에 관심이 있는 여자 자체가 처음이었다.

준이라는 소녀에게 더더욱 강한 관심을 품을 수밖에 없었다.

그런 그녀가 열기 어린 말투로 계속 말했다.

"게다가 월드는 어쩐지 시스템이 엄청 바뀌었다고 그러잖아? 기존 플레이어로서는, 이제까지와 같은 플레이 감각일지 불안하지 않아? 일단은 지켜보고 싶지 않아?"

알겠다.

완전 알겠다.

실제로 자신도 구입을 망설인 입장이었다.

그래서 카이도 게임을 그만두고 준을 향해 역설했다.

"이제까지의 게임 감각을 거스르지 않고, 새로운 요소도 재미있다고!"

같은 몬헌 애호가로서, 그리고 조금 앞서가는 자로서 새로운 기쁨의 땅으로 이끌어야만 했다.

"좋겠네~."

준은 진심으로 부럽다는 듯이 몸을 흔들었다.

커다란 가슴까지 출렁출렁 흔들렸다.

"……해보고 싶어?"

"해보고 싶어!"

카이가 쭈뼛쭈뼛 묻자 준은 힘차게 즉답.

그런 그녀의 태도에 용기를 얻어서 카이도 뜻을 다졌다.

"그, 그럼, 우리 집에 올래?"

목소리가 떨리는 와중에도 확실히 입 밖으로 꺼내어 권유해

봤다.
너무 갑작스럽다며 어이없어할까?
모르는 남자네 집에 갈 리가 없다며 비웃을까?
차갑게 거절할까? 싫어할까?
——그렇게 번민할 필요는 없었다.

"갈게!"

그리고 준은 남자아이 같은 표정으로 씨익 웃더니, 이번에도 역시나 쿵짝이 맞듯이 즉답해주었으니까.

"진짜 오냐! ——그렇게 생각했지, 그때는. 정말로."
Joy-Con을 격렬히 조작하며 카이는 중얼거렸다.
좌우로 분할된 텔레비전 화면 오른쪽에서 자기 캐릭터인 모톤이 뼈다귀 사막에서 안쪽의 안쪽의 안쪽을 버섯 대시로 돌파했다.
"카이가 먼저 하자고 그래놓고서, 그거 너무하는 거 아냐?"
Joy-Con과 악전고투하며 준이 예쁜 입술을 삐죽였다.
분할된 텔레비전 화면 왼쪽에서, 그녀가 조종하는 여울이가 지름길을 가로지른 모톤에게 뒤처졌다.
방과 후.

카이네 집 2층에 있는 자기 방이었다.

세 평짜리 서양식 방에 공부용 책상과 침대와 책장, 텔레비전 등등의 가구.

포스터는 지금 가장 마음에 드는 한 장만 붙이는 것이, 사소하지만 양보할 수 없는 카이의 방침. 칸나츠키 노보루 신(神)께서 그린 "고블린 슬레이어"……에 등장하는 네 히로인들이 아름다운 수영복차림으로 천장을 장식하고 있었다. 야하다.

애니메이션 캐릭터의 피규어는 있으면 좋겠지만 고등학생으로서는 손이 나가질 않는다.

그런 지극히 평범한 오타쿠 방, 하지만 전혀 평범하지 않은 미소녀와 침대에 나란히 앉아서 마리오 카트를 즐긴다.

이것이 현재 카이의 일상이었다.

준과 함께 늦게까지 게임을 하거나, 만화를 돌려 읽거나, 녹화한 애니메이션을 보거나.

때로는 미는 캐릭터 차이로 다투는 일도 있지만 기본적으로는 취미가 딱 맞아서, 이만큼 마음이 맞는 상대도 이제까지 없었다.

태어나서 처음으로 생긴 여자 사람 친구.

아니, 이제는 둘도 없는 친구인가.

이것이 평범한지 아닌지, 그 판단은 누군가에게 맡기겠다!

어쨌든 준은 그 후로 주당 다섯 번의 페이스로 카이네 집에 놀러왔다.

그렇다, **그 후로**.

카이가 준과 만나고 이미 1년이 지났다.

두 사람은 2학년으로 진급해서 또 같은 반이 되었다.
오늘이 바로 2학년 시업식이었던 것이다.
“생각해보면 1년 동안 많은 일이 있었네.”
“거짓말이잖아. 그냥 매일 놀았을 뿐이잖아.”
마리오 카트와 동시에, 두서없이 시작된 이 대화.

“그때 준, 그렇게나 월드 하고 싶었어?”
“하고 싶었어!”
“모르는 남자네 집에 놀러가는 거, 무섭지는 않았고?”
“어차피 부모님이라든지 계실 테니까 괜찮을 거라 생각했어.”
“와보니 명백하게 혼자 사는 아파트였다면 어떻게 했을 거야?”
“현관 앞에서 일단 거짓말하고 뒤로 돌았지.”
“뭐, 그야 그런가.”
“그보다도 나, 이래 보여도 가드 단단하니까 말이지?”
준이 Joy-Con을 누르며 자못 심각하게 말했다.
“그런 소릴 하면서 내 모튼한테 뚫려버렸죠—.”
“지금, 게임 이야기 아니잖아?!”
“준, 너무 못 해. 플레이가 조잡해.”
카이는 곁눈으로 득의양양한 시선을 보냈다.
“그보다도 거창한 소릴 하면서 내 맨다리를 흘끗 보잖아.”
“허어?! 너 핑계는——.”
준이 놀리자 무심코 눈을 추어올렸다.
하지만 잘못이었다.

침대 옆에서 준은 양반다리로 앉아 있었다.

그것이 게임에 집중할 수 있는 자세이겠지만…… 여하튼 치맛자락이 짧으니까 맨다리가 훤히 보이는 것은 물론이고 본래는 가려져 있어야 할 하얀 옷감까지 흘끗 "안녕하세요" 하고 있던 것이다.

"아니, 팬티 훤히 보이잖아."

"빈틈이야, 카이!"

기껏 남이 주의를 줬는데 준은 개의치 않고 게임에 전념.

그녀의 여울이가 모톤을 제치고 그대로 무정하게 골인했다.

"아자, 이겼다이겼어—!!!!"

"이런 거 인정 못 해애애애애애애."

"에이—, 승리는 승리잖아. 남의 팬티를 훔쳐본, 변태 쪽이 잘못이잖아."

준은 그리 말하더니 흐트러진 치마를 싱글거리며 고쳤다.

"카이 음흉해—."

그렇게 마치 소년의 순정을 놀리듯이 히죽, 짓궂은 미소를 띠고 있지만 막상 그러는 준도 뺨이 어렴풋이 붉었다. 다시 말해서 부끄러운 것을 감추는 모습이 빤히 보였다.

'가드가 단단하다니 어이없다고…….'

그야 준도 처음에는 남의 침대에 올라오는 것은 사양하거나, 품위 있게 앉거나, 팬티가 보이지 않는 행동거지나 자세에도 신경을 썼다.

하지만 한 달도 안 되어서, 카이의 방에서는 무방비한 모습을 태연히 취하게 되었다.

일일이 주의를 줬다가는 이쪽이 부끄러워져서 넘어간 경우도 많았는데!

"그만 됐으니까 다음 가자고, 준."

이런 겸연쩍은 분위기를 얼버무리기 위해서 무뚝뚝하게 제안했다.

"아, 마리오 카트는 이제 이겼으니까 됐어."

"이기고 도망치냐?!"

"그러하다."

"정정당당하게 승부하라고, 이 자식!"

"그보다도 이야기했더니 오랜만에 월드 하고 싶어졌는데—."

준은 이쪽의 양해도 얻지 않고 단호한 태도로 Joy-Con을 Switch 본체에 다시 꽂더니 PS4 전원을 켰다.

"……할 수 없네."

카이도 떨떠름하게 Joy-Con을 본체에 다시 꽂고, **또 하나의** PS4를 켰다.

그렇다—— 믿을 수 있나?

준은 이 방에 머무르게 된 뒤로, 세상에나 자기 텔레비전에 자기 PS4까지 들여온 것이었다. 남의 집 Wi-Fi도 재킹해서 온라인의 바다까지 접속하고 있었다.

그 덕분에 안 그래도 좁은 카이의 방이 더더욱 좁아졌다…….

방에 PS4가 두 대나 있는 것은 그런 이유였다.

"뭐 잡을래, 준?"

"역전 고룡이라면 뭐든지."
"이제 그만 직접 흔적 모으라고……."
"그런 소리 말고 좀 들어줘~. 남자의 인정을 보여줘~."
켜지기를 기다리는 동안에 잡담을 나누는데—— 그때 1층에서 어머니가 큰 소리로.
"준—! 오늘도 저녁밥, 먹고 갈 거니—?"
"예—! 감사합니다—, 어머님—!"
준도 크게 외치고 애교 있게 대답했다.
"누가 어머님이냐고, 누가……."
보통은 "카이네 아주머니"라든지, "아주머님"일 텐데.
"어쩔 수 없잖아. 알겠어, 카이? 여자는 말이지, '아줌마'라고 불릴 때마다 하루씩 나이를 먹고 마는 거야."
"아줌마, 아줌마, 아줌마."
"내 사흘을 돌려줘!"
"어쨌든 어머님은 이상하잖아—."
"그럼 '노리코 씨'라고 부를까?"
"그만둬."
동년배 친구가 어머니를 이름으로 부르는 건, 위화감이 너무 심하다.
"괜찮다고—. 카이네 어머니, 훔쳐듣거나 그러진 않으니까—. 착하지착해."
"그건 걱정 안 하는데, 너, 조만간에 정말로 우리 집 애가 될 것 같다고……."

쿡쿡 웃으며 놀리는 준에게 카이는 반쯤 본심으로 대답했다.

"그거, 좋—네—. 노리코 씨, 음식 맛있으니까—."

"그러니까 노리코 씨는 그만둬……."

투덜대며 PS4 컨트롤러를 들었다.

늦게 켜진다는 것만이 유일한 단점인 걸작 게임기가 시작 화면을 텔레비전에 띄웠다.

준과 함께 "신대륙"으로 놀러간다——.

이것이 카이와 여자 사람 친구, 준의 매일매일.

계속, 계속된다면 좋겠다.

그리 바라마지 않는 고교 생활.

오타쿠들끼리, 많은 취미와 기호가 공통되는 카이와 준.

그리고 공통되는 콤플렉스까지 두 사람은 지니고 있었다.

알아차린 것은 준이 먼저.

그것은 역시나 1년 전의, 그들의 입학식이 있었던 그날.

몬헌 월드에 이끌린 준이 처음으로 집에 놀러왔을 때의 이야기로――.

"나, 학교에서 게임을 해도 만화를 읽어도 된다고 그래서 아사기로 온 거거든―."

"나도나도!"

집으로 가는 도중에. 주택가를 지나가는 도로. 카이는 준과 나란히 걸었다.

"우리 중학교, 스마트폰도 가져가는 거 금지라서 말이지―."

"우리도! 수업 중만 아니면 딱히 상관없잖아, 그렇지?"

"그렇지―! 무슨 일 있을 때, 어머니랑 연락하는 것도 힘들어서 정말 최악이었어."

"뒤처졌단 말이지. 최근에는 가져가도 OK인 학교도 늘어났다고 인터넷에서 읽었더니 더 화가 났던 기억이 있어."

"그에 비해서, Switch도 OK라니 아사기 쩔잖아?"

"쩔지!"

“하지만 ‘정말로 선생님한테 몰수당하지 않을까?’라든지 ‘Switch 몰수당하면 다 죽을 건데요’같이 반신반의하는 구석도 있었는데.”

“이해되네. 사실은 HR 시작할 때까지 두근두근했어.”

“하지만 선생님 앞인데 쿠파 성에서 드리프트 해도 괜찮았어!”

“교실에서 이명 레오리우스 사냥해도 안 혼났어!”

“어쩐지 이거 엄청 쩔었어! 집에서 놀 때보다 더 신났어!!”

“자유……라고 할까, 해방감이 어마어마했지. 중학교 때까지 억압되어 있던 만큼 더더욱. 이게 고등학생인가 하고 감동했고, 어른에 한 걸음 다가간 것 같아.”

“그거! 그거야, 카이! 괜찮은 소리 하는데!”

“그, 그래?”

지극히 감격한 모습인 준이 갑자기 카이의 왼팔을 붙잡고는 신사의 줄 달린 방울처럼 흔들었다.

이런 가벼운 스킨십도 사춘기 동정한테는 자극이 강했다. 하물며 상대, 미소녀고. “이건 팔짱을 끼고서 걷는 거나 마찬가지잖아!”라며 마음속으로 두근두근. “아니아니 그건 아니지” 같은 딴죽은 부재.

그리고는 준이 먼저 냉정하게 돌아와서,

“하지만 뭐—, 내일부터는 적당히 해야겠지…….”

“다들 살짝 기겁한 것 같았으니까…… 반성.”

내일도 모레도 이래서는 반에서 고립되어 버린다. 친구가 안 생긴다.

'아무리 그래도 그건 싫어…….'

자신은 결코 외톨이 기질이 아니고, 중학교까지도 평범하게 사이좋은 녀석들은 있었다. 고등학교에서도 물론, 딱히 많지는 않아도 되니까 마음이나 취미가 맞는 친구를 만들고 싶다.

그런 생각을 하는데 준이,

"하지만 뭐—, 덕분에 벌써 하나 얻을 수 있었는데?"

옆을 걸으며 카이의 얼굴을 보고 말했다.

준은 살짝 수줍어하면서도 그것을 얼버무리듯이 장난스러운 미소를 띠고 있었다. 어느샌가 놀리는 말투였다.

카이의 왼팔을 계속 붙잡고 있었다.

"어, 응. 그러네."

카이는 겸연쩍어서 재치 있는 대답을 할 수가 없었다.

시선도 엉뚱한 방향으로 피해버렸다.

하지만 준이 꼬옥 붙잡은 왼팔을 뿌리치지는 않았다.

그리고——.

"학교 갔다왔어—! **친구** 데려왔어—."

준 덕분에 가슴을 펴고 가족에게 보고할 수 있었다.

부엌에서 얼굴을 내민 어머니가 "히에…… 너한테 이런 귀여운 친구가?!"라며 깜짝 놀라게 만드는 데 성공했다.

'내가 가장 놀랐어.'

그렇게, 묘하게 우스워서 견딜 수가 없었다.

◇◆◇

어질러진 방을 정리하려고 잠시 기다리게 한 뒤, 2층의 자기 방으로 준을 불렀다.

"앗."

그리고 방으로 한 걸음 들어서자마자 준이 놀라서 소리 높였다.

카이는 움찔했다.

여자아이가 봤다가는 위험할 것 같은 물건은 모조리 숨겼다고 생각했는데 설마 빠뜨린 것이 있었을까?

"왜왜왜왜왜왜왜왜왜왜 그래?"

완전히 수상쩍은 태도로 물었다.

그러자 준은 천장의 태피스트리를 가리키고,

"나도 저 애니메이션 봤어!"

기뻐하며 가르쳐 줬다.

'위험한 물건을 들킨 게 아니었어…….'

카이는 가슴을 쓸어내렸다.

그리고 준과 함께 천장을 바라봤다.

이 무렵에는 "용왕이 하는 일!"의 태피스트리를 걸어뒀다. 마침 애니메이션 방영이 끝난 직후였다.

"어쩐지 애니메이션 화풍이랑 꽤 다르네? 원작 그림?"

"그래그래. 7권 토라노아나 특전."

시라비 신께서 그린, 다섯 여자아이들의 집합 일러스트였다.

모에~.

그리고 잠옷차림인 히로인들 전원이 연령 한 자리로…… 이른바 로리 캐릭터라서 이건 이것대로 "여자가 봤다가는 어쩌지?"라는 물건일지도 모르겠지만, 카이는 그런 쪽의 의식이 이미 마모되었다. 오타쿠였다.

준도 태연하게 받아들이고 오히려 "귀엽네~"라며 맞장구를 쳤다. 오타쿠였다.

"그런데 카이는 어느 쪽 파야?"

"'어느 쪽' 파?"

그 물음에, 카이의 뇌리에 섬광이 내려쳤다.

다섯의 집합 그림을 보고 질문했으니까, 보통은 "(이 안에서)누구 파?"라고 질문했을 것이다.

하지만 준은 굳이 다른 표현을 사용했다. 그 부분에 의도가 숨겨져 있었다.

다시 말해서 저자 시라토리 시로 선생님이 대조적으로 그린 더블 히로인 "하나츠루 아이"와 "야샤진 아이" 중에 누구를 미느냐는 질문인 것이었다.

그 미묘한 차이를, 문맥을, 행간을 카이는 정확하게 건져냈다.

"텐짱파."

자신을 가지고 즉답.

불과 0.8초의 전광석화!

"그렇지! 나도 텐짱파~."

"아직 어린데도 사고방식이 하나하나 어른스럽고, 스승님한테 반대로 잔소리를 하는 부분이 특히 깊은 맛이 있지. 신부로 삼고 싶어. 하지만 역시 텐짱 스스로는 어쩔 수 없는 구석도 있어서, 야이치한테 매달리든지 하는 약한 일면이 또 내 심장을 직격한다고 할까, 신부로 삼고 싶——."

동지를 발견한 기쁨에 그만 거침없이 이야기를 털어놓고 말았다가, 퍼뜩 정신을 차렸다.

'지, 지금 나 엄청 기분 나쁜 소릴 지껄이지 않았어?!'

여자한테 할 이야기는 아니었을까, 후회와 불안으로 심장이 쿵쾅쿵쾅 뛰었다. 식은땀이 그치질 않았다. 텐짱의 귀여움에 심장을 꿰뚫릴 때가 아니었다.

하지만——.

"깊이 이해하오! 게다가 텐짱이 곧바로 도움을 바라지는 않는 모습이 또 기특하지~. 그저 단순히 솔직하지 못한 성격인 것만이 아니라~, 좋아하는 사람에게 인정받고 싶다는 여심의 반증이라는 게 또 쩔어서~."

준은 기분 나빠하기는커녕 만면에 희색이 가득해서는 오타쿠 토크에 어울렸다.

와— 하며 하이파이브를 청했다.

카이는 동정 특유의 배려로, 여자아이가 아프지 않게 머뭇머뭇 하이파이브를 했다.

한순간 닿은 준의 손바닥은 매끈매끈했다.

무심코 자기 손바닥을 바라보며 여운에 잠겼다.

그러자 준이 이번에는 책장 앞으로 이동해서,

"이거, 좀 봐도 될까~?"

"……………………물론."

카이는 망설인 뒤, 승낙했다.

장서 대부분은 남이 봐도 곤란한 것은 아니지만――그중에 극히 일부――『종말의 하렘』이나 『마왕을 시작하는 법 THE COMIC』 같은, 결코 성인용은 아니지만 **에로에로**한 작품이 은근슬쩍 포함되어 있었다. 혹시 여자가 봤다가는 즉사할 녀석이다. 사회적으로 죽는 녀석들이다.

'제발제발 못 찾기를……!'

그렇게 기도한 순간,

"아아앗."

놀란 준의 목소리가 들려서, 입에서 심장이 튀어나올 뻔했다.

"왜왜왜왜왜왜왜왜왜왜 그래?"

완전히 수상쩍은 태도로 물었다.

준이 장서 가운데 한 권을 뽑더니 이쪽을 돌아보고,

"순정만화도 가지고 있어?! 좋아해?!"

눈을 반짝이며 『나와 너의 소중한 이야기』 1권을 들이밀었다.

'종말의 하렘이 들킨 게 아니었어…….'

카이는 가슴을 쓸어내렸다.

그리고는 준과 하나가 되어,

"그 작가님, 『옆자리 괴물군』 시절부터 좋아했는데."

"『옆자리 괴물군』 이제 곧 영화로 나오지?! 나도 원작으로 예습했어! 누구 미는데?!"

"어, 『옆자리 괴물군』이라면 아사코가 제일 좋을까."
"아사코 최고지! 그 아이 엄청 순수하지 한결같이 친구를 생각하잖아! 한가득 상처를 받았기에 그런 강한 심지가 고귀하잖아! 나도 그런 아이, 친구가 되고 싶어! 그보다도 결혼하고 싶어!!"
거기까지 빠른 말투로 쏟아내고, 준은 퍼뜩 정신을 차렸다.
갑자기 시선을 피하고 꾸물꾸물하면서,
"지, 지금 그거 기분 나빴지, 나?"
"아니아니아니아니아니아니! 이해해! 완전 이해해! 『쓰레기의 본망』에 나오는 엣짱도 난 좋아하는데, 또 다른 맛이 있거든, 아사코!"
"그래! 딱 그거!"
부끄럽다고 생각할 필요 따윈 전혀 없다고 필사적으로 호소한 것이 효과가 있어서, 준의 표정은 또다시 환해졌다.
"그보다도 남자인데 순정만화를 읽는 내 쪽이 더 기분 나쁘지 않나?!"
"상관없잖아! 좋은 건 뭐든 좋다고!"
또다시 하이파이브를 나누는 두 사람.
"나, 이제까지 남자 친구밖에 없었으니까 순정만화 이야기에는 아무도 안 어울려줘서——."
"나도! 외로웠어!"
세 번째 하이파이브를 나누는 두 사람.
"하지만 준은 여잔데?!"
"내 친구들은 영화가 나온다든지, 그런 메이저한 것밖에 안 읽는 애들뿐인걸. 『옆자리 괴물군』 그린 선생님의 다른 만화도 괜찮다고 권유해도 '흐—응'이래! '흐—응'! 너무하다고."

"그건 진짜 너무하네!"

또다시 하이파이브(이하 생략).

"그리고그리고, 그 아이들이랑 『옆자리 괴물군』 이야기를 해도, 아무래도 남자 캐릭터가 멋지다든지 '하루한테 안기고 싶다' 같은 이야기만 하고, 내가 '아사코 쪽쪽하고 싶어'라고 그래도 이해해 주지 않는 거야! 이상한 사람 취급하고! 다른 만화도 전부 그래!"

"나, 『나와 너』라면 반 아이들 삼인조 중에 긴 흑발 아이랑 결혼하고 싶어! 나를 돌아봐 줬으면 좋겠어!"

"쩔어—! 카이 잘 아는데!"

하이파이브에 이어지는 하이파이브로, 중간부터 짝짝 연타 모드에 들어가며 정신없이 이야기를 나누는 카이와 준.

순정만화로 이렇게나 신이 난 것은 태어나서 처음이었다.

서로가 첫 경험을, 둘이서 함께하고 있었다.

'세계는 이 어찌나 넓을까!'

카이는 그 생각을 음미하지 않을 수가 없었다.

설마 이렇게나 취미가 맞는 녀석이 있다니.

설마 이렇게나 마음이 맞는 녀석이 있다니.

그것도 동성이 아니라 이성이면서.

그리고 넓디넓은 세계에서 준과 만날 수 있었다는 이 기적!

Illustrations © mmu

감격을 넘어선 감동이 카이의 가슴을 깊이 채웠다.
틀림없이 준의 가슴도.

◇◆◇

감동도 한바탕 진정된 참에, 그들은 당초의 목적을 떠올렸다.
PS4를 켜고 몬헌 월드 준비를.
준한테는 적당히 앉으라고 그러다가 퍼뜩 깨달았다.
카이의 방에는 소파는커녕 쿠션조차 준비된 것이 없었다.
바닥은 카펫도 없이 마룻바닥 그대로.
"……항상 나는 이렇게 침대를 소파 대신으로 해서 앉는데……."
그러면서 우선은 자신이 침대 가장자리에 앉았다.
"……그럼 사양 않고."
역시나 준도 처음에는 망설였다. 남자 침대에 앉는 것에 저항감을 느끼는 모양이었다. 하지만 마지막에는 천성적으로 쉽게 단념하는 편이라 금세 그 옆에 털썩 앉았다.
한편 카이는 새삼스럽게, 여자아이가 자신의 침대에 앉는다는 사실에 허둥지둥했다.
준의 엉덩이는 가슴과 마찬가지로 무척 훌륭하고 예쁘고 매혹적이었다. 그런 엉덩이가 자신의 침대 위에! 위에!
게다가 준은 치맛자락이 짧아서 여봐란 듯이 새하얀 엉덩이가 카이 바로 옆에 있었다. 사춘기 남자한테는 차고 넘칠 만큼 해로웠다.

하물며 자칫하다가 팬티가 보이지는 않도록 살며시 치맛자락을 가다듬는 그녀의 동작이 형언할 수 없을 만큼 선정적으로 여겨졌다. 마른침을 삼킬 뻔했다가 참았다.

'그, 그러고 보니 내 방에 여자아이를 부른 거, 처음이구나…….'

개막부터 준과 기관총 같은 오타쿠 토크가 가득했던 덕분에 완전히 들떠서는 잊고 있었지만, 잘 생각해보면 이것은 터무니없는 사태임을 깨달았다.

이 이상은 아무런 생각도 하고 싶지 않다. 생각하면 생각할수록 의식하고 만다. 두근두근하고 만다. 빨리 몬헌 시작하자고! PS4는 왜 이렇게 늦게 켜지는데?!

——그렇게 마음속의 답답함과 홀로 다투던, 바로 그때였다.

사건이 벌어진 것은.

"**앗 군**, 케이크 사왔는데 친구랑 먹을래—?"

"우오오오오오오 노크 정도는 해달라고 엄마?!"

갑자기 문을 열고 얼굴을 내민 어머니 탓에 심장이 입으로 튀어나올 뻔했다.

아니, 딱히 꺼림칙한 짓은 안 했다. 다만 조금…… 서로 거리가 가까울까? 이런 거 의식하는 편이 야할까? 그런 쓸데없는 생각을 하던 참에 날아든 기습이었기에 깜짝 놀랐을 뿐이라.

"케이크는 나중에 먹을까. 지금 마침 게임을 시작하려던 참이니까."

"어머, 그러니?"

카이는 침대에서 일어나더니 불만스러워 보이는 어머니를 방 밖으로 쫓아냈다.

그리고는 원래 위치로 돌아오려다가 준과의 거리감을 재검토한다면 지금이 호기임을 깨달았다.

'아니아니! 친구가 되었으니까 묘하게 조심하는 건 도리어 이상하잖아!'

결국에 마찬가지로 가까운 곳에 앉았다. 마음속으로 또다시 두근두근하면서.

"**앗 군**, 엄청 귀여운 친구를 데려왔다는데 정말이야?"

"우오오오오오오오 노크 정도는 해달라고 누나?!"

갑자기 문을 열고 얼굴을 내민 누나 탓에 심장이 터질 뻔했다.

딱히 꺼림칙한 짓은 안 했지만! 안 했을 테지만!

"싫어라, 정말로 귀여운데, 앗 군 주제에!"

"누나…… 준은 구경거리가 아니니까. 그리고 몬헌 할 거니까 저리 가."

"뭐야, 째째하게 굴 것 없잖아. 혼자 독점하려고?"

"예예, 독점할 거야, 독점할게."

카이는 침대에서 일어나더니 불만스러워 보이는 누나를 방 밖으로 쫓아냈다.

두 살 차이인 남매 사이는 결코 나쁘지 않지만 특별하게 좋은 것도 아니었다.

그저 깨달았다.

자신이 처음으로 여자아이를 방으로 불러서 허둥대듯이 가족 또한 들떠 있었다. 카이가 데려온 여자 친구(게다가 미소녀!)가 신경이 쓰여서 참을 수 없는 것이었다.

"앗 군, 초밥 만들 테니까 꼭 친구랑 같이 먹으렴!"

"그러니까 아빠 회사 조퇴하면서까지 그럴 것 없잖아아아?!"

이제 싫어 이 가족!

아버지도 방에서 쫓아내고 기진맥진해서는 침대에 앉았다.

다행히도 준은 신경을 쓰기는커녕 쿡쿡 웃으며 즐거워했다.

"소란을 떨어서 미안해……."

"전혀. 가족들이 사이가 좋구나?"

"'친한 사이에도 예의라는 게 있다'라고 엄마 사전에 써두고 싶어……."

"그리고, 초밥 잘 먹겠습니다—."

"응, 그 정도라도 먹고 가. 본전 뽑고 가."

"그리고 있잖아, 카이."

"뭔데, 준?"

"'앗 군'이라니, 무슨 소리야?"

그 질문에 카이는 전력으로 고개를 홱 돌렸다.

"이상하지 않아? 왜 카이인데 '앗 군'이라고 불리는 거야?"

준의 추궁은 혹독했다.

"아— 아— 아— 안 들려!"

"나도 '앗 군'이라고 부르는 편이 나을까?"

귀를 손으로 막고 안 들리는 척을 해도 추궁의 기세는 느슨해지지 않았다.

'가능하다면 들키고 싶지 않았어…….'

이것도 거리낌 없는 가족 탓이라고 원망하며 각오를 다지고 자백했다.

"내 이름, 어떻게 쓰는지 알아?"

이날이 입학식이라 교실에 있는 각자의 자리에는 꽃과 함께 명찰이 놓여 있었으니까 주의해서 봤다면 눈에 띄었을 터.

"中村(나카무라)잖아."

"이름은?"

"'灰'라고 적고 '카이'라고 읽는 거지? 나도 그 정도는 어떻게 읽는지 알아."

"그거 거짓말이야."

"어?"

"준한테도, HR에서도 '나카무라 카이'라고 그랬는데, 거짓말했어."

"어? 어?"

"사실은 읽는 방법이 다르거든."

"어? 어? 어?"

준이 더없이 당황했다.

설마 이름 읽는 방법을 속이다니. 이러고서 놀라지 말라는 편이 무리.

다만 그렇다고 해도 그녀가 너무 심하게 당황을 했는데, 이때의 카이는 알아차리지 못했다.

그대로 계속했다.

"사실은 재 회(灰)를 쓰고 '애시'라고 읽거든."

마음을 죽이고 억양이 없는 말투로 담담하게 고백.

준은 한순간 반응하지 못했다.

"……허?"

"'애시'라고 읽거든."

"…………."

"그래, 키라키라 네임입니다. DQN 네임*입니다. 비웃고 싶으면 비웃어."

"아버지도 어머니도 착실하게 보이셨는데……."

"하지만 꽤 젊었잖아? 학생 결혼이었대. 만화가 지망생이랑 라이트노벨 작가 지망생인 중2병 환자 커플이었다고 그래. 분위기랑 기세로 해버렸다가 생겨 버렸고 이름을 붙여 버렸대."

끝내는 자포자기해서 몰아붙이듯이 설명했다.

참고로 누나의 이름은 "小夜曲(세레나)"라고 한다.

눈물 나잖아?

"그래서 나, 가족한테는 '앗 군'이라고 불리는 거야."

---

*한자의 독음이 다양하게 읽히는 것, 또는 뜻만을 채용해 전혀 상관없는 외국어 단어를 독음으로 사용하여 지어진 이름을 말한다.

"………… ."

어지간히도 쇼크였는지 준은 한동안 얼어붙었다.

그리고는 떨리는 손으로 이쪽을 가리키고,

"'나카무라 애시'?"

"……웃을 테면 웃어."

"풉."

"너무해! 거기서 정말로 웃냐?!"

"어느 쪽인데?!"

준의 항의는 당연했지만 이쪽도 복잡한 심경을 배려해줬으면 했어!

"……뭐, 그러니까 모르는 척해 줬으면 좋겠어. 앞으로도 '카이'라고 불러줘."

"응. 알았어."

비교적 시원스럽게 승낙해 주는 준.

조금 더 놀리지는 않을까 생각했는데.

"반 아이들한테도 비밀로 해둘게."

"땡큐."

이것으로 이 이야기는 끝. 그럴 생각으로 카이는 감사인사를 건넸다.

하지만――.

침대 옆에 앉은 준이 무언가 말하고 싶다는 분위기를 드리우고 있었다.

아름답고 긴 그 속눈썹이 근심으로 떨렸다.

"왜 그래?"
중요한 이야기가 있다면 듣겠다고 카이는 태도로 재촉했다.
이윽고 준도 뜻을 다지고 머뭇머뭇 밝혔다.
"……내 이름, 어떻게 쓰는지 알아?"
"응. 그야 뭐."
그녀의 책상 명찰을 봤을 때, 희귀한 글자였으니까 기억에 남아 있던 것이다.
준의 이름은 "御屋川 純々"이라고 쓴다.
"'純'을 두 번 쓰고 한꺼번에 '준'이라고 읽잖아? 희귀하고, 조금 비튼 느낌이 있어서 멋있네."
"그거 거짓말이야."
"어?"
"나도 애들한테 '미야카와 준'이라고 그랬는데, 거짓말했어."
"……뭐?"
"뭐."
"사실은 어떻게 읽는데?"
"'퓨어퓨어'."
"……어?"

"사실은 '純々'이라 쓰고 '퓨어퓨어'라고 읽는 거야!"

준은 자포자기해서 외쳤다.
실내에 "퓨어퓨어…… 퓨어퓨어…… 퓨어퓨어……"라며 메아리쳤다.

카이는 웃음이 터지려는 것을 참고 떨리는 손으로 준을 가리키며,

"'미야카와 퓨어퓨어'?"

"네, 키라키라 네임입니다. DQN 네임입니다."

"너희 부모님도 만화가 지망생이나 라이트노벨 작가 지망생이었어?"

"내 오타쿠 취미는 틀림없이 그 사람들의 유전이야!"

"집에서는 뭐라고 부르는데? '피—땅'?"

"'준'이라고 안 불렀다가는 부모라도 ●● 거야."

"중화 요리 같아서 맛있을 것 같았는데. 피—땅."

"지금 뭐라고 그랬어, †애시† 군?"

"죄송합니다 아무것도 아닙니다!"

플라잉 도게자를 꽂아서 사죄했다.

한동안 그 자세로 있었더니 준이 갑자기 또 풉 하며 웃음을 터뜨렸다.

카이도 엎드린 자세 그대로 그에 이끌려서 웃었다.

그렇게 되자 둘 다 더는 멈출 수가 없었다.

"장난 아니네, 우리 둘 다!"

"그래, 장난 아니네."

"설마 DQN 네임까지 같다니!"

"이렇게 웃지도 못할 이야기가 있을까?"

그리 말하면서도 카이는 우스워서 참을 수 없었다.

준도 끝내는 배를 붙잡고 양다리를 버둥버둥했다.
그녀의 부드러워 보이는 허벅지가 눈앞에서 건강하고 선정적으로 부들부들 떨렸다.
뭐, 어쨌든──.
"다른 애들한테는 절대로 비밀이야."
"절대 들키지 않도록 하자."
──그런 계기로 친해진 것이었다.
1년 전의 이야기다.

그리고 현재.
2학년 1학기 시업식도 마치고 일주일 조금 뒤.
오늘 역시도 수업이 끝나자마자 준은 카이네 집으로 놀러왔다.
둘이서 침대에 나란히 앉아서, 두 대의 텔레비전과 PS4를 써서, 온라인 게임을 즐겼다.
15 대 15의 전차로 싸우는 TPS다.
카이와 준은 소대라고 불리는 태그를 만들고 그중 한쪽 팀에 들어갔다.
전투가 시작되고──.

"이건 매복 정찰이 빤하네요. 적이 있을 곳이 빤히 보이네요."
"없습다, 없습다."

"준 씨 봉 잡아버려!"
"짜내라 짜내라~."
"보라, 적이 종잇장처럼 녹아내린다고 으하하."
"너 개못하잖아아아아아아아!"

대결 초반부터 아군이 유리한 전황이라 잔뜩 신이 난 두 사람.
게임패드와 함께 손에 땀을 쥐었다.

"——아니, 뭔가 맞았어."
"카이, 발견했던 거 아냐?"
"아니…… 육감 같은 건 없는데. ……아니, 이거 결정타야!"
"카이 에너지, 팍팍 줄어드는 거 같은데?"
"이런, 적한테 유니컴(초상급자) 있는데, 이거?! 도망쳐, 도망쳐! 젠장, 5티어에서 양학하지 말라고, 이 자시이이이익!!"
"나 개못하잖아아아아아아아."

갑자기 열세에 빠지고 얼굴이 새빨개서는 게임패드를 거칠게 움직이는 두 사람.
하지만 노력의 보람도 없이 카이의 경전차(Luchs)는 폭발사산!
이윽고 준의 중전차(Pz. ⅣH)도 날아갔다.
"가, 강해……."
"무, 무서웠어……."
어이없이 퇴장한 뒤에도 둘 다 게임패드를 붙잡은 상태에서 멍하니 있었다.

그만큼 게임에 몰두했다는 증거이자——.

그래서 정신을 차리고 보니, 마치 "호러 영화를 무서워하면서 보고 있는 커플"처럼 어느샌가 몸을 딱 맞대고 어깨와 팔을 붙인 상태가 되어 있었다.

'윽…….'

카이의 혈류가 빨라졌다.

맞닿은 준의 팔에서 말랑말랑한 감촉을 의식해 버렸다.

그녀의 팔은 남자인 자신이 보면 각목처럼 가늘고, 뼈와 피부뿐인 것처럼 보이는데, 실제로는 믿을 수 없을 만큼 포동포동하고 형용할 수 없을 만큼 부드러운 것이었다.

'윽, 음, 어쩌지…….'

본심을 말하면 계속 이대로 붙어 있고 싶다. 기분 좋다. 말랑말랑.

게다가 나쁜 짓을 하는 게 아니다. 딱히 가슴을 주무르는 게 아니다.

무엇보다도 사이좋은 친구사이에 어깨나 팔이 닿았느니 마느니, 그런 일로 일일이 꺼림칙하게 생각하는 쪽이 자의식 과잉이지 않나?

그렇게—— 이론 무장을 하면 할수록 자신이 교활한 인간처럼 여겨지기도 했다…….

그렇다면 대체 어떻게 해야 하나?

'결론, 준한테 맡기자!'

준 쪽에서 떨어진다면 그걸로 됐다.

아쉬운 표정 따윈 전혀 드러내지 않을 거니까 말이지?

반대로 준 역시도 딱히 이 자세 그대로라도 신경 쓰지 않는다면.

그건 즉 합법이라는 의미다!

교활 만세!

"저기, 카이?"

"예, 예 무슨 일입니까요?!"

완전 교활하게 꺼림칙한 생각을 하던 참에 갑자기 말이 날아들어, 카이는 침대에서 펄쩍 뛰어오를 뻔했다.

목소리가 뒤집히고, 말투가 이상하게 정중해지고, 끝내는 발음을 씹고 말았다.

그런 소년의 순정을 아는지 모르는지,

"어쩐지 팔 딱딱해졌는데?"

준은 점점 이쪽으로 다가오며 카이의 팔 감촉을 확인하듯이 만지작만지작했다.

와—오.

갈등하던 이쪽의 마음도 모르고 더욱 대담한 짓을 해주시는군요.

어쩔 수 없는 일로 고민해 봐야 손해다!

"확실히 늠름해진 것 같은데?"

"한 번 더 말해줘, 준."

"어?"

"'늠름해졌다'라고 다시 한번 말해 줄래?"

그 말, 여자아이한테서 들으면 이렇게나 기쁜지 처음 알았다.

남자 자신이 남심을 모른다는 것이었다.

"기분 나빠……."

준이 "아무리 그래도 그건 친구 사이라도 그렇지"라는 듯이 어두운 표정을 띠었다.

미안. 반성했어.

진지하게 대답했다.

"Fit Boxing의 성과, 나왔나?"

카이는 최근에 빠져 있는 Switch의 운동 게임 이름을 언급했다.

"그거 아직 하고 있어?"

"재밌잖아."

"난 포기! 단번에 근육통이 왔다고!"

"아픈 건 처음뿐이라니까."

"야한 발언 금지."

"지나친 억측 금지."

그리고는 함께 웃으며, 카이는 구입한 그날의 일을 떠올렸다.

모처럼 대전 모드가 들어 있으니까, 우선은 준이랑 둘이서 같이 플레이한 것이었다.

소재나 요구되는 움직임 자체는 권투지만 요컨대 지정된 타이밍에 맞추어 펀치를 날리고 회피 동작을 취하는, 리듬 게임의 연장선이었다.

그게 즐겁지 않을 리가 없고, 온몸을 움직이는 감각도 기분 좋아서 멋들어지게 빠졌다.

두 시간 정도 정신없이 대전했다.

하지만 다음 날, 평소에는 전혀 사용하지 않는 근육들이 날카롭게 비명을 질렀다.

특히 양팔이 저리는 것 같은 아픔은 지독했다.

그래도 카이는,

"그렇구나……. 이 아픔이 강해진다는 것인가……."

그렇게 도취되었지만.

한편으로 준은 다른 감상인지,

"최악이야! 온몸이 아프잖아! 이상한 게임 사지 말라고, 카이 이 바보!"

그렇게 잔뜩 따졌다.

역시 남자와 여자는 무언가를 보는 방법, 느끼는 방법이 다른 걸까?

아니면 바보가 한 마리 있을 뿐일까?

회상 끝.

"뭐…… 나는 이만 사양이지만, 카이가 좋다면── 그보다도 끈기가 있다는 건 좋은 일 아닌가?"

"훗. 나는 한 달에 만 번을 때리는 남자라고?"
"예예. 그리고 뭐, 몸을 단련하는 것도 나쁜 일은 아니니까."
몸을 기댄 상태 그대로, 준이 기분 탓인지 황홀한 눈빛으로 팔을 문질렀다.
남자로서는 준의 말랑말랑한 팔의 감촉이 좋은 것처럼, 여자로서는 Fit Boxing으로 매일 단련된 팔의 감촉이 좋은 걸까?
어쩌면――.
이거, 어쩐지 좋은 분위기 아닌가?
'아, 아니, 우리는 그저 친구일 뿐인데?!'
그리 생각했지만 기뻐서 어찌할 바를 모르는 카이.
그만 분위기를 타서,
"훗. 준이 깡패랑 엮인다면 내가 시원하게 쓰러뜨려 줄 수도?"
"진짜 기대해도 돼?"
"미안 너무 까불었습니다. 그런 배짱은 없으니까 같이 경찰을 부르자."
"아핫! 그러네. 다치지 않는 게 우선이야."
"우리 오타쿠는 평화주의라서―."
"전차도 게임 안에서만―."
그렇게―― 마무리가 된 참에, 텔레비전 안에서 두 사람이 일찌감치 폭발사산한 전투가 끝내 결판이 났다.
물론 적의 유니컴께서 8킬의 대활약으로 두 사람의 팀이 참패했다.
"그럼 반성의 자리를 만들까요."

"그럴까요."

"WOT"라는 이 전차 게임은 자신이 싸운 모습을 돌이켜보는 것이 실력 향상을 위해서는 빼놓을 수 없는 일이다. 그렇다고 한다.

그렇기에 전투가 완전히 종료된 뒤에 볼 수 있는 리플레이를 둘이서 체크.

과연 자신들이 싸우는 모습은——.

"준 씨, 저격 너무 빗나가는 거 아냐? 나의 화려한 정찰이 허사가 됐잖아?"

"탄이 제멋대로 엉뚱한 방향으로 날아간 게 잘못이야!"

"그러니까 T-34 타라니까. 대정의 펑펑포랑 소련 바이어스를 믿으라고."

"카이도 독일 전차 탔잖아?"

"룩스는 인권이니까 괜찮아! 4티어 최강 경전차인걸!"

"나도 Ⅳ호 전차가 좋은걸. 아귀팀이랑 같은 게 좋은걸."

"예예 걸판충, 걸판충. WOT는 놀이가 아니니까요!"

"카이도 극장판 보고 울면서 '나 WOT 시작할래'라고 콧물을 흘린 초짜잖아."

"콧물은 안 흘렸거든?!"

어깨와 어깨를 맞댄 상태로, 하지만 점점 험악한 분위기가 어리었다.

조금 전까지의 좋은 분위기 따윈 완전히 사라졌다.
"……Ⅳ호 쓰더라도, 적어도 105mm는 떼라고, 노 컨트롤."
카이는 야유가 담긴 말투로 따끔하게 말했다.
그 순간, 준의 이마에 두꺼운 힘줄이 떠올랐다.
"뭐? 105mm로 콰와—앙! 하고 상대의 게이지를 깎는 게 묘미인데요—?"
어깨로 어깨에 퍽 부딪쳤다.
'……이쪽은 말뿐인데. ……그쪽은 실력 행사냐고.'
그야말로 열 배로 돌려받은 기분이었다.
"그러니까 그걸 살리는 전투 방식으로 싸우라고. 인파이트로 콰아—앙 날려 버려."
카이도 같은 정도의 위력으로, 몸통박치기가 아니라 어깨박치기로 돌려줬다.
"적한테 다가가는 거, 무섭잖아."
준의 재반격! 카이의 허벅지를 바지 위로 찰싹 때렸다!
"아까부터 계속 무섭다고만 그러고, 너 그러고도 전차 승무원이냐!"
카이의 재반격! 준의 허벅지를 찰싹 때려서 돌려줬다!
'——아니, 이거 맨다리?! 맨다리 만지기?!'
자신과 달리 준이 바지 따윈 안 입었다는 사실을 완전히 깜박했다.
물론 장난을 치는 정도로 힘을 조절해서 때렸을 뿐이지만, 탄력이 풍부한 여자의 허벅지를 직접 찰싹 때리는 감촉은 손바닥에 참으로 부도덕한 쾌감을 가져다주었다.
충격으로 허벅지가 출렁출렁 흔들리는 모습도 야했다.
하지만 덕분에 정신을 차릴 수 있었다.
이렇게 점점 격해지는 말다툼이 얼마나 한심한지, 바보 같은지 깨달을 수 있었다.
"좋아, 슬슬――."
"전차 승무원이 들으면 기가 막히겠네, 카이도 커다란 구슬 달고 있는 주제에!"
하지만 준 씨는 여전히 머리에 피가 오른 상태라서.
불쑥 손을 뻗는가 싶었더니, **덥석** 이쪽의 사타구니를 붙잡았고.
"어흐윽."
카이의 입에서 이상한 목소리가 나왔다.
하지만 그것으로 준도 퍼뜩 정신을 차린 모양이었다.
카이의 사타구니를 붙잡은 상태 그대로 굳어서, 아름다운 얼굴이 재미있을 만큼 빨개졌다.
"미, 미안해."
"시, 신경 쓰지 마."
"바, 바로 놓을 테니까."
"그, 그렇게 해줄래?"
안 그러면 이상한 기분이 들어버릴 테니까 말이지?
"정말로 미안해."
준은 아직 귓불까지 새빨개서는 애교 있는 미소를 띠더니, 카이의 사타구니로 뻗었던 손을 살며시 물렸다.

살며시, 그 손을 손수건으로 닦았다.

'──아니 그건 너무하잖아?! 상처 받는다고?!'

그리 생각했지만 카이는 아무 말도 하지 않았다.

남자는 마음으로 조용히 우는 것이다.

리플레이 화면으로 시선을 되돌리고,

"……뭐, 이번에는 크게 공부가 되지는 않았네."

"그러네. 그저 유니컴 님의 이 몸 강하다 쇼였어."

"어디에 동영상이라도 올릴 것 같은데."

"그러면 우리는 웃음거리야."

"……다음 판, 할까."

"하자. 다음에는 어딘가의 누군가를 우리가 공개처형 해주자."

"좋아, 부탁한다고, 파트너."

"맡겨줘, 파트너."

주먹과 주먹을 툭, 맞부딪쳤다.

그리고 카이는 게임패드를 다시 잡고 준과 소대를 재결성.

다음 전투로 출격했다.

──WOT라는 게임은 전투 개시 전의 로딩이 길다.

그렇게 기다리는 동안에 피아의 전력을 분석하고 전황의 흐름을 예측하는 것이 기본적인 전술로 취급된다.

화면에 표시되는, 적과 아군 도합 서른 명의 플레이어 이름과 사용하는 전차 이름.

카이는 휙 둘러보고 문득 자신들의 이름에 시선이 멈췄다.

사용 전차 "Luchs". 플레이어 이름은 "Ash".

사용 전차 "Pz. ⅣH". 플레이어 이름은 "pure-pure".

"나 있지——."

"뭔데? 전투 시작한다고?"

집중해, 그러면서 준은 예쁜 입술을 삐죽였다.

하지만 그것을 무시하고,

"나 있지, 내 이름이 콤플렉스였거든. 계속."

"…………. 나도."

"하지만 있잖아, 지금은 이제 아니야. 동료가 있었으니까. 그 녀석이 같이 있어준다면 이런 건 아무것도 아닌 일이라고, 그렇게 생각할 수 있으니까. 설령 비웃음 사더라도 무섭지 않으니까."

"그건. 나도."

두 사람이 마치 서로에게 이끌리듯이, 동시에 후훗 하고 웃었다.

하지만 그런 심경의 변화가 있었기에, 게임의 닉네임에 굳이 "Ash"라느니 "pure-pure"라느니, 태연히 붙일 수 있게 된 것이었다.

하나, 마음이 강해질 수 있었던 것이다.

한 걸음, 어른에 가까워진 것이다.

둘도 없는 이 친구와 만날 수 있었던 덕분에!

"그러고 보니 카이——."

"뭔데? 전투 시작한다고?"
집중하라고 주의를 줬지만 준은 그것을 무시하고,

"카이가 사실은 애시 군이라는 거, 반 아이들한테 들켰다고?"

"뭐……라고……."
카이는 아연실색해서는 게임패드를 떨어뜨렸다.
하필 그 타이밍에 전투가 시작, 첫 움직임의 기세가 중요한 룩스가 스타트 지점에서 우두커니.
다른 플레이어가 지도를 계속 삑삑하며 질타했다.
"내가 같이 있으니까, 비웃음 사도 괜찮지?"
"좋아, 준의 본명도 밝히자!"
"죽을래?"

카이의 미래는 어느 쪽이냐!

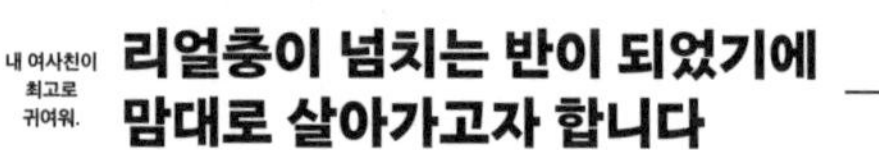

리얼충이 넘치는 반이 되었기에 맘대로 살아가고자 합니다

"이 자시이이이이이익, 키시모토오오오오! 무슨 생각이냐 이이이이이인마?????"

다음 날 아침.

아직 반 아이들이 절반 정도밖에 등교하지 않은 2학년 1반 교실에 카이의 노성이 울렸다.

"어? 뭐야, 나카무라. 아침 댓바람부터 기운 넘치네."

가방 내용물을 책상에 집어넣으며 시치미 떼는 표정으로 대답한 그 반 친구.

이름은 키시모토 코스케.

중간 체격에 중간 키, 중간의 중간인 얼굴까지 눈에 띄지 않는 용모를 세련된 패션 센스로 보충하고 단정한 몸가짐으로 몇 단계를 더 높인 세련된 사람이었다.

여자한테 손을 대는 속도 역시도 남들에게 지지 않았다.

고백 성공률은 그렇게 높지 않고, 설령 사귀기 시작해도 얼마 안 되어 이별 이야기가 나오는 경우가 많지만――서투른 사수라도 계속 쏘다보면 맞는다고 할까――여자친구가 없는 기간이 더 적다는, 전국의 비인기 남자들에게는 적 같은 녀석이었다.

뭐, 양다리를 걸치는 불성실한 녀석은 절대로 아니니까 평판은 딱히 나쁘지 않았다.

카이도 본심으로는 싫지 않았다.

그렇다고 할까, 친구 중 하나로 세도 될지도 모른다.

만화의 취향이 가까운 것이었다.

게다가 중학교 시절, 3년 동안 같은 반이라는 악연도 있었다.

특별히 짠 것도 아닌데 같은 고등학교를 지망하고, 함께 입시를 치르고, 하지만 1학년 때에는 반이 달라졌으니까 작년에는 소원해졌다.

올해가 되어서 또 같은 반이 되어 악연이 부활한 것이었다.

그런 같은 중학교 녀석의 멱살을 붙잡을 기세로,

게다가 꾹 억누른 작은 목소리로,

"키시모토…… 너, 내 본명 알고 있지?"

"그게 어쨌는데, 애시 군?"

"아무한테도 말하지 말라고 부탁했지?"

관자놀이를 꿈틀대며 으슬러대는 카이.

중학교 시절――.

키시모토를 포함한 일부 인간에게 본명이 들킨 것은 카이의 흑역사였다.

경위는 준과 마찬가지.

친해져서 집으로 놀러오라 부르고, 그때 어머니와 누나가 "앗 군"을 연호하고…….

"하지만 아무한테도 퍼뜨리지 말라고 부탁했잖아?"

"어, 응……. 지금도 기억하는데."

"키시모토. 너는 경박하지만 좋은 녀석이야. 중학교 시절에는 계속 입 다물어 줬으니까. ……그런데 왜 이제 와서 약속을 깼어?"

"그, 글쎄~? 무슨 소릴까~?"

"시치미 떼도 헛수고라고? 시작이 너라는 증거는 잡았으니까."

"게엑."

키시모토는 목이 졸린 닭 같은 비명을 흘렸다.

그렇다, 증거는 잡은 것이었다.

학년이 올라가고 새로운 반 아이들과 자기소개를 한 것이 2주 전 시업식 후의 HR.

게다가 그 후, 모두가 자주적으로 교류가 깊어지는 가운데서 이 남자는 반의 인기 있는 여자들에게 모조리 어필했다나.

준한테는 그럴 틈은 없었던(방과 후가 되면 곧장 카이네 집에 왔으니까) 모양이지만, 키시모토의 장난 아닌 행동력은 거침이 없었다.

왜냐하면 준은 이미 같은 반 여자들 거의 모두와 친해져서 LINE을 통한 정보 교환망을 구축했으니까.

그리고 그 그물망에 걸려든 것이――.

『나카무라, 그 녀석 애시라고 읽는대.』

『키시모토가 가르쳐 줬어.』

『웃기네.』

카이는 보란 듯이 주먹을 움켜쥐었다.

"오른쪽 빰을 맞는 거랑 왼쪽 빰을 맞는 거, 어느 쪽이 좋아?"

"그, 그만해. 나카무라는 평화주의자일 텐데."
"알고 있어? 오타쿠는 빡치면 무슨 짓을 할지 몰라."
"어, 어쩔 수 없었다고! 사정이 있었어!"
"호오?"
내용에 따라서는 살려줄 수도 있다――그런 생각을, 억누른 목소리에 실었다.
그리고 키시모토는 필사적으로 변명을 했다.
"레이나가 나카무라와 관련된 일이라면 뭐든 알고 싶댔어!"
"여자한테 잘 보이고 싶었을 뿐이잖아, 이 경박한 자식아아아아아아아!"
카이는 끝내 진심으로 키시모토의 멱살을 붙잡더니 거칠게 흔들었다.
다만 그 이상의 행동은 하지 않았다.
키시모토가 굳이 말할 것도 없이, 오타쿠는 다들 평화주의자니까.
그리고 이제는 한 달 주먹 만 번의 남자가 된 자신의 주먹은 이미 흉기일 수밖에 없으니까. (Fit Boxing 말고 확인한 적은 없다.)
"이제 됐어. 너와의 우정은 오늘로 끝이야."
"시끄러워, 내가 모르는 사이에 준 같은 미소녀를 사로잡은 배신자가."
"주, 준은 여자친구가 아니라고? 그렇죠?"
"시끄러워, 매일 같이 돌아가는 것만으로 부럽다고 이 멍청이가! 나카무라와의 우정 따윈 내가 먼저 사절이다, 바보 자식!"

"네가 뱉은 침이나 다시 삼키라고."

서로 매도를 퍼부은 뒤, 키시모토의 멱살을 놓았다.

석연치는 않지만 이미 엎질러진 물은 다시 담을 수 없고, 경박한 이 남자의 죄를 물어봐야 소용없으니까.

자기 자리로 돌아가는 카이.

교실 한가운데 열의 최후미. 그곳에서 교실 앞쪽, 창가 부근을 살폈다.

반에서도 인기 있는 여자들이 모여서는 진을 짜고서 담소를 나누고 있었다.

준을 비롯해서 아직 그룹 전원이 등교하지는 않았지만——이미 2학년 1반의 중추 집단이라고 해야 할 관록이 감돌기 시작한 그녀들의, 그중에서도 중심인물은 이미 있었다.

후지사와 레이나.

그렇다, 키시모토가 카이의 본명을 털어놓은 상대였다.

준이 "학년 제일의 미소녀"라면 이 녀석은 "학년 제일의 미녀".

너 정말로 고등학생이냐?! 그런 소리가 나올 만큼 어른스러운 미모를 지닌 것이었다.

한숨이 나올 만큼 단정하고, 그러면서도 스타일 좋고, 덤으로 키가 컸다.

작년에 "모델일 하는 아이가 우리 1학년에 들어왔어!"라며 가볍게 소란이 벌어졌다.

그렇다고 해도 아직 표지를 장식할 수준은 아닌 모양이지만 충분히 굉장했다. 너무도 굉장했다. 그런 녀석, 아사고가 넓다고 해도 레이나 하나밖에 없다.

게다가 엄청난 남자친구와 사귄다는 소문까지 있었다. 청년사업가(라는 명목의 야쿠자)라나 뭐라나.

그 진위야 어쨌든 "레이나 씨라면 그럴싸해……"라고 여기게 만드는, 박력이라고 할까 무시무시한 분위기를 마치 아름다운 갑옷처럼 두른 무시무시한 여자였다.

그런 무섭고 예쁜 여자의 존안을 카이는 몰래 바라봤다.

하지만 들키고 말았다. 레이나와 눈이 마주쳤다.

갑자기 레이나는 어마어마한 미소를 띠었다.

그렇다, 어마어마했다.

다만 준의 미소가 천진난만한, 여자 특유의 교태가 전혀 느껴지지 않는, 태평하고 쾌활한 마음씨가 여실하게 표정에 드러나는, 그런 미소라면——.

이 녀석의 미소는 여자의 좋은 점도 나쁜 점도 전부 무기로 바꾸어서 장비한 것 같은, 순도 100퍼센트로 정교하게 **만들어진** 미소였다.

'무서워라.'

카이는 미인이 미소를 띠었다는 사실에 기쁘기는커녕 몸이 떨려서 눈을 피했다.

동시에 생각했다.

'어째서 이런 쩌는 녀석이 나 같은 걸 알고 싶어 하는 거지?'

설마 나를 좋아한다든지? ——10000퍼센트 아니라는 확신이 있었다.

설마 나를 담그고 싶다든지? ——1퍼센트 정도라면 있을지도 모른다…….

다만 좋아하든 싫어하든, 이제까지 접점이 너무나도 없어서 짚이는 바가 없었다.

그럼에도 굳이 억지로라도 해답을 도출해 본다면,

'내가 준의 친구이고, 이 녀석도 준이랑 사이가 좋으니까…… 그런가?'

두 사람은 같은 중학교 출신은 아니지만 고등학교 입학 전부터 얼굴을 아는 사이였다고 한다. 작년에 레이나는 옆 반이라서 준이 휴식 시간에 복도나 학생식당에서 사이좋게 지내는 모습을 카이도 수없이 보았다.

한편 방과 후나 휴일에는, 레이나가 모델일이니 뭐니 바빠서 준이 함께하는 일은 거의 없다고 들었다.

가령 혹시 레이나가 한가했다면 준이 카이네 집에 들어올 일은 없었고, 애당초 "몬헌 월드 하러 올래?"라는 당초의 권유에도 응하지는 않았을 것 같다—— 그런 생각까지 해버리는 것은 역시나 너무 비굴할까?

어쨌든 카이한테 그 정도로, 레이나라는 소녀는 의식할 수밖에 없는 존재였다.

Illustrations © mmu

'그렇다고 저쪽도 같다고 생각하는 건, 억지……일까?'

그렇다면 당장 대답이 나오지는 않는다.

그래서 또 흘끗흘끗 그녀들의 모습을 살폈다.

이번에는 시선이 마주치지 않도록 조심하면서.

다만…… 레이나는 더 이상 카이를 신경 쓸 상황이 아니었다.

마츠다라는 남자가 등교하자마자 그녀들에게 집적대기 시작했으니까.

그 밖에 타케다, 우메다, 후쿠다까지 친구…… 아니, 추종자를 거느리고서 레이나와 그 그룹에 허물없이 이야기를 건넸다.

이 녀석들 네 사람이야말로 2학년 1반의 잘 나가는 남자들이었다.

서서히 형성되는 학급 카스트에서, 가령 준이나 레이나가 여자의 상위 집단이라면 마츠다 일당이 남자의 상위 집단으로 여겨지기 시작했다.

모두가 머리카락을 요란스럽게 물들이고, 교복을 흐트러뜨려서 입고, 경박한 정도에서는 키시모토에게 비할 바가 아니었다. 약을 빨았다. 게다가 넷 다 농구부라는 공통점이 있었다.

'운동 좀 한다는 녀석들은 왜 **저렇게** 거만하고 자신만만할까.'

그렇게—— 카이가 빈정거리며 생각한 것은 중학교까지였다.

아사기 고등학교는 야구부와 축구부가 엄청 강했다. 이른바 전국구 레벨이었다.

거기 부원들은 명감독의 훈육이 잘 되어서 마치 군대처럼 통

제되어 있었다.

카이네 반에도 부원이 몇 사람인가 있지만, 그들은 평상시에도 겸손하고 예의 바른, 마치 수도승처럼 조용하고 차분한 품격이 감돌았다.

솔직히 남자의 눈으로 봐도 멋있다. 완전 존경.

운동부라면 대단한 성적도 못 내는데 반에서 폼만 잡는, 마츠다 같은 녀석들——이라는 편견을 품고 있던 카이의 입장에서는 마치 개안한 것 같은 기분이었다.

그에 비해서 마츠다 일당이 소속된 아사고 농구부는 그야말로 듣보잡 운동부의 전형.

개안한 지금 카이의 입장에서는 더더욱 어리석게 보이는 녀석들이었다.

"여—, 레이나—."

"오늘, 다 같이 노래방 안 갈래—?"

"내 칸자니(일본 연예기획사 쟈니스 사무소 소속의 아이돌 그룹 칸자니) 들려줄게—."

"나왔네. 마츠다 칸자니, 진짜 완전 쩔거든—."

그렇게 마츠다 일당은 한자도 못 쓸 것 같은 (편견) 머리 나쁜 말투로 레이나 그룹에게 집적거렸다.

"뭐야?"

"거울이나 보고 다시 와."
"알겠어? 너희가 칸쟈니를 부를 낯짝이냐고 그러는 거야."
"우리 쇼짱 디스하는 거야—?"

레이나 그룹은 바보 취급하는 태도로 응대했다.
무, 무서워…….
특히 레이나. 활짝 열린 창틀에 기대어 날카로운 눈빛으로 팔짱을 끼고 서 있는 모습은 그야말로 야쿠자의 정부 같은 관록이 있었다. 정말로 고등학생인가요?
그래도 마츠다 일당은 뻔뻔스럽게 매달렸지만, 레이나 그룹은 개라도 쫓아내는 것처럼 계속 험악하게 대할 뿐.
으—음, 불쌍해라.
만화 같은 곳에서라면 이른바 학급 카스트 상위로 묘사되는 리얼충 캐릭터들은 자주 미남과 미소녀들로 하나의 그룹을 구성해서 잘 지내는 경우가 많다.
하지만 카이네 학년에서는, 그런 것은 3반의 유명인인 사카키바라 스아마가 이끄는 비치 집단 정도였다.
보통은 인기가 있어도 남녀가 각자 그룹을 만들어서 가끔씩 양쪽이 함께 노는 경우는 있어도, 사귀는 관계도 아닌데 24시간 붙어 있는 녀석 따윈 본 적 없다.
준도 포함된 레이나의 그룹은 특히 가드가 단단했다.
리얼충 오라도 장난이 아니지만, 동시에 남자가 다가오지 못하게 만드는 의연한 분위기가 있었다.

그것은 1학년 때부터 유명했다. 레이나한테 학교 밖의 터무니 없는 남친이 있다는 소문도 이유였다.

이윽고 아침조회 예비종이 울리고 마츠다 일당도 맥없이 물러났다.

교대로 준이 아슬아슬하게 지각을 피해서 교실로 뛰어 들어왔다.

똑바로 레이나 그룹에게 가더니,

"안녕—! 어제 메일로 보낸 동영상, 봤어—?!"

"고양이— 펀치—!"

"정말~~~, 너무 귀여워♥♥♥"

"어머어머, 대인기네."

"아이들이랑 동물한테는 아무도 못 이기니까—."

등등, 준이 퍼뜨린 동영상 이야기로 잔뜩 신이 났다.

그 동영상을 찾은 거, 카이인데.

예비종이 친 이상 자리에 앉아야 한다는 것은 명백했지만, 준과 레이나 그룹은 결국에 담임 선생님이 모습을 드러낼 때까지 교실 앞쪽 창가에서 잔뜩 떠들어댔다.

시간에 맞추어 들어온 담임 선생님에게 잔소리를 들으며 자기 자리에 앉는 동안에도 "실패 데헷—"이라는 듯이, 그들 그룹 모두 즐겁게 쓴웃음을 띠었다.

그리고 그것은 레이나도 예외가 아니었다.

평소에는 초고교급 가짜 미소만 드러내는 이 녀석이, 준이 함께 있을 때만큼은 지극히 자연스러운 표정을 드러내는 것이었다.

아니, 그것 역시도 가짜 표정일지도 모르겠지만——.

적어도 카이에게는 진심으로 띤 미소로 보이는 것이었다.

◇◆◇

그날 점심시간에는 키시모토 등등과 학생식당에 가기로 약속했다.

또 하나의 반 친구인 사토 세이지와 함께 별동 1층에 있는 식당으로 향했다.

사토는 고등학교에 들어와서 생긴 친구로, 작년에도 같은 반이었다.

만화도 읽지만 심야 애니메이션 시청이나 굿즈 수집 쪽에 열정을 쏟는 오타쿠 친구였다.

다만 키시모토는 그다지 그쪽에는 흥미가 없어서, 화제는 전적으로 만화 쪽이었다. 어제 "만화UP!"의 새 연재에 대해서, 셋이서 끓어올랐다.

방과 후나 어제와 달리 학교에서 카이나 준과 붙어 있는 경우는 거의 없었다.

"사귀는 사이도 아닌데 24시간 같이 있는 건 이상하다" "플레이보이(비치)다"라는 분위기가 옅은 연기처럼 학교를 뒤덮고 있는 것이 첫 번째 이유.

카이에게 준이야말로 둘도 없는 친구이지만 그렇다고——여기 있는 키시모토나 사토처럼——다른 인간관계가 존재하지 않는 것은 아니고, 준에게도 그것은 마찬가지라는 것이 두 번째 이유.

그래서 학교에서 카이는 주로 남자들과 함께, 준은 여자들과 함께.

아사기 고등학교의 학생식당은 역시나 사립인 만큼 그럭저럭 화사했다.

입구 앞에 식권 발매기가 늘어서 있고 오픈식 주방 앞에 쟁반을 들고 서서 아주머니한테 음식을 받는 시스템인 것은 지극히 일반적.

하지만 내부 디자인의 방향성이 하나하나 화사해서, 그대로 말하면 어딘가의 스타벅스 같았다. (준한테 말했더니 "아니야! 이건 도토루 같아"라나)

먹는 곳 역시도 평범한 학생식당 같지 않았다.

사각형의 긴 테이블을 두고 "자자, 꽉 채워서 앉아~, 작업하듯이 먹고서 돌아가~" 같은, 흔해빠진 분위기는 전무.

제대로 2인석, 4인석의 정사각형 테이블 외에도 8인석 원형 테이블까지 있고, 의자까지 포함해서 패밀리 레스토랑 같은 곳보다 훨씬 멋있고 제대로 된 자리가 준비되어 있는 것이었다.

"뭐, 안이 아무리 화려해도 주문한 건 탕수육 정식이지만 말이지—."

"난 스태미나 정식—."

"나는 돈가스 덮밥."

카이 일행은 비어 있던 4인석에 자리 잡고는 점심식사와 만화 토크를 다시 시작했다.

이곳의 음식은 역시나 사립인 만큼 근처의 학생식당 시세보다도 비싸지만 그런 만큼 대충 만든 느낌이 없었다. 레스토랑이라고 그러면 과하겠지만, "근처의 인기 정식집" 정도의 맛은 나왔다.

카이가 주문한 탕수육 정식도, 표면이 제대로 바삭바삭해질 때까지 튀겨서 소스를 잔뜩 뿌려도 식감을 잃지 않았다. 아니, 바깥쪽의 흐물흐물해진 층과 안쪽의 무사한 층으로 맛있는 하모니를 연주했다.

물론 육즙도 제대로 가두어서 씹으니 감칠맛이 가득 넘쳤다.

카이는 "탕수육에 파인애플이 들어가는 것은 사도"파였지만, 이곳의 탕수육을 먹고 생각을 바꾸었다. 산미가 강한 품종을 골라서 사용했을까? 소스의 단맛에 점점 혀가 길들여지는 느낌인 탕수육이라는 요리를 마지막까지 질리지 않고 먹을 수 있는 강렬한 입가심으로서 기능했다.

"탕수육 맛있어—."

"돈가스 맛있어—."

"나, 이 학생식당이 있다는 것만으로도 아사기를 고르길 잘했어—."

"잘 했지—."

그런 소리를 하는 사이에, 신나게 먹는 남자 셋은 음식을 거의 비웠다.

하지만 완식을 할 수는 없었다.

"여기, 비어 있을까?"

그렇게—— 누군가 갑자기 말을 건네었기 때문이었다.

후지사와 레이나였다.

말투는 참으로 단아했지만 그러면서도 고혹적인 울림이 있었다.

그야말로 뚝뚝 떨어지는 색기라고 할까.

레이나의 등 뒤에는 면목 없다는 듯이 몸을 움츠린 준과 동작 하나하나 아양을 떠는 것이 짜증스러운 자그마한 여자가 있었다.

카이는 레이나의 눈을 똑바로 보고 대답했다.

"……보면 알잖아?"

우리 셋. 너희 셋. 테이블은 4인용.

무슨 생각인지 모르겠지만, 자리가 비어 있는지는 유치원생이라도 알 수 있는 계산이었다.

"여자애한테 그렇게 시비조로 나오는 건 좋지 않아, 애시 군."

"그러면 인기 없다고—, 애시 군☆"

"그만해! 그 이름은 내 마음을 죽인다고!"

레이나와 자그마한 여자아이가 말의 폭력으로 찔러대고, 카이는 속전속결로 백기를 들었다.

한편으로 기세가 폭등한 것은 여자를 좋아하는 키시모토였다.
"우효—! 레이나 준 모모, 여기 앉아앉아! 방해되는 건 바로 치울 테니까!"
"나랑 사토는 방해꾼이냐, 인마."
이것이 오늘 아침, 누군가를 배신자라고 부른 남자가 할 대사일까?
"이야기가 빨라서 고맙네, 키시모토 군."
"그렇지그렇지? 나, 재치 있는 남자니까. 올 시즌 레이디 퍼스트 남자니까."
"그럼 사토 군이랑 같이 식사, 즐겁게 하고 와. **어딘가에서**"
"어?"
"어머? 무슨 불만이라도? 올 시즌 레이디 퍼스트인 키시모토 군?"
"어, 없사옵니다."
레이나의 압박에 키시모토는 떨면서 일어나더니 사토와 함께 허둥지둥 물러났다.
역시 야쿠자의 정부, 레이나는 위협은커녕 미소를 띠는 것만으로 등줄기가 떨릴 만큼 무서운 것이었다. 주로 눈이.
"그보다도, 나를 두고 도망치지 말라고!"
카이는 맹렬하게 항의했지만 도망치는 키시모토와 사토의 걸음은 무시무시하게 빨라서 이미 한참 늦었다.
두 사람의 등을 향해, 쟁반을 내려놓은 준이 "우리 레이나가 제멋대로 굴어서 미안해!"라며 애써 사과했다.

——어쨌든.

카이는 뜻밖에도 레이나 일행과 함께 점심을 먹게 되었다.

오른쪽 옆자리가 준, 왼쪽 옆자리가 레이나인 포지션.

다른 하나인 자그마한 여자는 2학년 1반 레이나 그룹의 일원이라고 할까, 중학생 시절부터 금붕어 똥으로 유명한 미하라 모모코였다.

외모는 "작은 동물 같아 귀여움". 성격은 "완전 짜증남". 이상.

"그래서? 나한테 무슨 용건이야, 후지사와?"

먹고 있던 탕수육을 젓가락으로 찌르며, 경계한다는 느낌을 애써 감추지 않는 카이.

"어머? 같은 반인데 용건도 없으면 같이 밥도 못 먹는 걸까?"

"우연히 발견했으니까 말을 걸었을 뿐인데—☆ 싫어라—☆ 완전 자의식 과잉—☆"

레이나가 입가를 손으로 가리며 우아하게 웃고, 모모코가 귀여운 척하는 말투로 시비를 걸었다.

"우연히 발견했다고 키시모토랑 사토를 쫓아내는 게 더 레벨이 높잖아. 흉내도 못 내겠는데."

"아니, 정말로 미안해. 나중에 사과하러 갈 테니까 좀 어울려 줘, 카이."

준이 양손을 맞대며 사죄했다. 아직 식사에는 손도 안 댔다.

'알았어. 됐으니까, 너도 안 먹으면 휴식시간이 사라진다고?'

카이는 아이콘택트.

준도 가슴을 쓸어내리고 식사를 시작했다. 데리야키 치킨 정식. 저것도 맛있겠다.

한편으로 레이나는 그런 카이와 준의 모습을 싱글싱글 바라보고,

"애시 군이랑은——."

"나카무라!"

"애시 군이랑은 한번 느긋하게 대화를 나눠보고 싶었거든."

"정말이지 너, 남을 잘 괴롭히는구나?"

"준이랑은 취미가 맞는다던데? 최근에는 뭐가 재미있을까?"

"…………."

아무것도 아닌 질문이었지만 카이는 말문이 막혔다.

카이는 자신이 오타쿠라는 사실을 딱히 숨기지 않는다.

숨겨야만 할 법한 부끄러운 취미라고 전혀 생각하지 않으니까.

혹시 그것으로 뒤에서 손가락질을 당한다고 해도, 그것은 손가락질하는 쪽이 부끄러운 인간성, 문화 정도를 지녔다며 도리어 웃어줄 테니까.

다만 분위기는 읽는다.

오타쿠 취미를 모르는 인간 앞에서 떠벌떠벌 떠들어 봐야 평범하게 생각하면 질릴 뿐이리라.

결코 기이하지 않은 그저 취미 중 하나지만, 마치 이상한 인간처럼 여겨져도 어쩔 수 없을 것이다.

카이도 예를 들면, 흥미가 없는 화장 이야기를 죽 늘어놓아도

곤란하다.

그런 것일까?

모든 취미에 상하나 귀천은 없이 그저 개인적으로 즐기고, 같은 취향인 친구를 만날 수 있다면 서로를 이해하고, 하지만 결코 강요해서는 안 되는 것이다.

카이는 그렇게 생각했다.

그래서 말문이 막혔다.

어디까지, 얼마나 이야기하면 될지, 전달할지 헤아릴 수가 없었다.

대신에 준이 도움의 손길을 건네주었다.

"지금은 있지, 15 대 15로, 전차로 싸우는 게임이 빠져 있어. 협동 플레이가 뜨겁거든."

"그래그래."

카이도 허둥지둥 맞장구를 쳤다.

하지만 그것을 듣고——.

레이나는 명백하게 깜짝 놀란 표정을 띠었다.

또 드물게도 생생한 감정을 드러냈다.

하지만 아주 잠깐이었다.

금세 평소의 완전무결하게 아름다운 가짜 미소를 띠고,

"그래. 협력 플레이가 즐거운 거구나."

무척 멋지다고 생각해, 마치 그러는 것처럼 공감하는 척(아마도, 척)을 보여줬다.

역시 무서운 여자였다.

그러는 한편으로 모모코는 깔깔 웃음을 터뜨렸다.

“꺄하☆ 전차라느니 진짜로 의미불명인데—. 그런 게 재미있다니 농담도 아니고—. 기분 나빠—☆”

그렇지? 성격 완전 짜증나잖아?

“WOT를 바보 취급 하 · 지 · 마.”

“말이 지나쳐, 모모코.”

그러면서 준과 레이나가 좌우에서 모모코의 뺨을 꼬집었다.

특히 레이나가 꼬집는 방법은 요괴처럼 지독했다. 여신 같은 미소를 띤 주제에.

“흐한해흐한해 모모호하 할못 했흐니하~~.”

모모코는 그렇게 울먹이고서야 간신히 용서를 받았다. 자업자득. 바보였다.

‘하지만, 뭐.’

이것 하나로도 카이는 알게 된 것이 있었다.

깜짝 놀랐을 정도로 레이나도 “전차는 대체 뭐냐”라고 생각했을 테고, 하지만 그런 속마음을 철저하게 감추면서 상대의 취향을 갑작스럽게 부정하지 않는—— 그런 지성과 품성을, 무섭고 아름다운 이 여자는 겸비하고 있는 것이었다.

아니, 겸비하고 있기에 레이나는 이렇게나 아름다운 것이리라.

사람은 천성적인 얼굴의 조형만으로 아름다워질 수는 없다.

품성 제로 품위 제로의 폭소로 기껏 가련한 용모를 허사로 만드는, 모모코의 모습이 그야말로 적절한 반면교사.

그렇게 완전 짜증 모모코가 아직 빨간 뺨을 문지르며 말했다.

"있지—, 먀카와—☆ 전차 같은 건 됐으니까, 오늘 모모코랑 가라오케 가자?"

"전차 재미있다고 그랬잖아! 게다가 오늘은 카이랑 놀기로 약속했으니까."

"그런 건 아무래도 상관없잖아—☆ 모모코랑 애시 군 중에 누가 중요해—?"

"어어어어……."

완전 짜증 모모코가 들러붙자 준이 곤란해하는 표정을 띠었다.

이 녀석, 마츠다 일당보다 질이 나쁜데?

"그만해, 모모코."

레이나 역시도 아까보다 강한 말투로 나무랐다.

"항상 말했잖아? 아름다운 여자란, 상대를 기쁘게 해주기 위해서 응석을 부리는 거야. 그저 응석만 부려서 곤란하게 만드는 건 빌어먹을 비치가 하는 짓이야."

마지막에는 과격한 표현이 사용되었지만 훌륭한 어른스러운 의견이었다.

카이는 그만 신음을 흘렸다.

"꺄하☆ 아니거든요—. 여자는, 모모코처럼 얼굴이 10할인데요—☆"

하지만 이 바보한테는 전혀 감명을 주지 못한 모양이었다.

질리지도 않고,

"있지—, 가자 먀카와—☆ 있지있지— 우리랑 친구잖아—?"

"아니, 그러니까 약속이 있다니까! 카이가 육성 중인 T-62A 수집 캠페인이 오늘로 끝나버리거든. 노래방은 내일 안 갈래?"

"싫어— 오늘 노래하고 싶은걸—☆ 마츠다 때문에 노래방 기분인걸—☆"

어린애처럼 계속 떼를 쓰는 모모코.

준과 레이나가 좌우에서 말해도 안 들었다.

'하아, 어쩔 수 없네.'

카이는 또다시 준에게 아이콘택트를 보냈다.

'다녀와, 노래방. 캠페인이라면 금방 또 할 테니까.'

'아니, 하지만 잠깐만…….'

'됐다니까! 게다가 나 혼자서도 못 이기는 건 아니라고?'

그렇다, 자신은 완전 짜증 모모코 같은 어린애가 아니다.

"나랑 미하라, 어느 쪽이 중요해?" 같은, 준이 곤란해 할 어리석은 질문도 안 한다.

독점할 생각도 전혀 없고, 이쪽의 약속을 우선한 결과로 준이 동성친구들과 거북한 사이가 되어버린다면 도리어 괴롭다. 중요하다, 우정.

——그렇게.

그런 다정함, 배려가 카이에게는 있었다.

그리고 준에게도 그 마음이 전해진 모양이었다.

"미안해, 모모코. 오늘은 카이랑 놀래."

준은 단호한 말투로 말했다.

어지간히도 의외의 대답이었는지 모모코가 입을 떡 벌렸다.

카이도 똑같은 표정을 띠고 있었다.

"우후훗."

레이나가 그렇게 웃음을 터뜨리고, "잘됐구나"라는 듯이 미소를 던졌다.

카이는 반응할 수 없었다.

스스로도 영 이해가 안 되는 감정으로, 그저 부끄러웠다. 수줍었다. 뺨이 뜨거웠다. 레이나 쪽을 직시할 수가 없었다.

한편으로 모모코는 완전히 언짢은 표정이었다.

기분이 상한 강아지처럼 신음했다.

하지만── 갑자기 무언가 떠오른 표정을 띠더니,

"그럼 애시 군도 노래방 가자☆ 그러면 먀카와도 올 거지─?"

"허?"

"어?"

카이와 준은 동시에 입을 떡 벌렸다.

이 또한 그만큼 의외인 제안이었다.

그렇다고 할까, 리얼충 여자들의 소굴에 초식동물인 자신이 있는 모습을 카이는 상상할 수 없었다.

준도 솔직히 그럴 것이다.

물론 활동력 넘치는 준이라면 다른 친구들이 상대인 "파뤼─"

에 “피플—”의 분위기에도 제대로 따라갈 수 있을 테고, 카이가 상대인 “애니메이션 노래 백 연발” 같은 분위기에도 완전히 따라갈 수 있다.

하지만 카이로서는 “파뤼—”에 “피플—”은 무리!

유행하는 노래라고는 모르니까. 애니메이션 노래밖에 못 부르니까.

‘거절해, 카이. 무리할 필요는 없으니까.’

준도 아이콘택트를 할 정도였다.

하지만 바로 그렇기에, 이번에는 그녀의 다정함과 배려에 카이가 감동할 차례였다.

그렇기에 대답했다.

“알겠어, 미하라. 노래방 가자고.”

그것이 이 상황을 가장 원만하게 수습하는 대답이니까.

자신이 “파뤼—”에 “피플—”인 분위기를 조금만 참으면 그만인 이야기니까.

“카이…….”

준이 한숨을 내쉬었다. “너도 정말로, 바보” 같은 느낌으로.

하지만 금세 표정을 다잡더니,

“고마워…….”

그런 감사의 말과 함께, 어마어마한 미소를 띠었다.

카이가 좋아하는 천진난만하고 따듯한, 그 미소였다.

그와 대조적인 반응을 보인 것은 레이나였다.

"미안해, 애시 군?"

그런 사죄의 말과 함께, 어마어마한 **가짜** 미소를 띠었다.

또한 드러나는 분위기만으로 넌지시 "이럴 생각으로 점심을 같이 먹은 건 아니지만……"이라고 전해졌다. 정말로 고등학생입니까?

덕분에 카이까지 쓴웃음을 띠고,

"나는 괜찮은데, 후지사와야말로 괜찮아? 마츠다 쪽 권유는 거절했는데…… 나도 남자니까 방해되진 않겠어?"

"내가 싫은 건 흑심을 훤히 드러낸 남자일 뿐이야. 애시 군은 준의 친구고, 그렇다면 나하고도 친구 같은 상대인걸. 아니야?"

"아니진 않은…… 걸까?"

카이는 그리 말하면서도 액면 그대로 받아들이지는 않았다.

레이나는 속을 알 수 없는 무서운 여자니까…… 그런 심정이 절반, 단순히 학급의 정점에 선 "여왕님"과 친구라니 황송하다! 라며 주눅 드는 심정이 또 절반이었다.

"그럼 방과 후에 직행하는 걸로, 애시 군도 부탁할게."

"알았어. 너희를 따라가면 되는 거지?"

"말해두겠는데—, 남자가 쏘는 게 매너니까 말이지—☆"

"나 혼자서 전부?!"

"농담이야, 카이. 모모코의 말을 일일이 진지하게 받아들이면 안 된다니까."

"어, 응."

어쩐지 묘한 일이 되어버렸는데…….

――그렇게 되어서.

아사기 고등학교에서 역 앞 번화가까지 다 같이 이동해서 노래방으로 들어갔다.

멤버는 준, 레이나, 모모코 이하 여자만 아홉 명.

2학년 1반이 아닌 사람도 있고, 그녀들은 다들 레이나를 중심으로 한 리얼충들뿐. "여왕"과 중학교나 1학년 당시에 같은 반이었던 멤버들이었다.

그 밖에 남자는 카이 한 명뿐.

오는 중에도 여자들한테 완전히 둘러싸여서,

"꺄― 애시 군―."

"소문으로 듣던 먀카와의 오타쿠 남친, 우리랑 놀아줄 줄은 몰랐어!"

의외로 환영받는다는 것은 알겠지만, 반쯤 보기 드문 동물 취급이었다.

"나는 나 · 카 · 무 · 라 · 카 · 이! 애시가 아니야!"

그렇게 호소해도 다들 제대로 받아주지 않고 쿡쿡 웃을 뿐이고,

"게다가 카이는 남친이 아니니까!"

"우리는 그저 친구니까!"

준과 둘이서 설명해도 마이동풍.

"있지있지, 애시 군. 단둘이 있을 때, 먀카와는 어떻게 애교를 부리는데?"

슬쩍――깜짝 놀랄 만큼 지극히 자연스럽게 팔짱을 낀 것은 옆 반의 미백 피부 여자.

카이는 은근슬쩍 닿은 가슴의 감촉에 두근두근, 하지만 뱀에게 휘감긴 사냥감이 된 것 같은 공포에도 두근두근, 어쨌든 "이야기할 때까지 놓지 않으니까"라는 압박에 압도당했다.

"마카와 어디에 반한 거야―? 얼굴―? 가슴―?"

직설적인 질문을 날린 것은 같은 반의 사이토 시라유키.

듣자하니 어머니가 미국인이라는 빨간 머리의 시라유키다.

"야한 거 할 때는 어느 쪽이 공일까?"

"정상위파일까?"

"기승위파일까?"

지독한 질문을 교대로 던지는 것은 옆 반의 쌍둥이 자매.

포니테일이 어울리는 것이 언니 쪽. 그렇다면 동생은 트윈 테일이냐고 생각하는 것은 오타쿠 뇌라는 녀석으로, 활동적인 단발. 착각당하는 건 절대 싫다나. 이것이야말로 리얼리티.

――그런 식으로.

역시나 레이나의 그룹인 만큼 어느 아이든 귀엽다. 레벨이 높다.

그런 여자들이 둘러싸고서 꺄―꺄― 이야기를 건네는 통에, 이 자리에 있는 것이 여자를 좋아하는 키시모토였다면 인중을 씰룩거리며 기뻐할 시추에이션이리라.

하지만 동정 레벨이 높은 카이로서는 주눅 드는 심정이 강했다.

'이 녀석들 남자한테 가드가 단단한 녀석들일 텐데?!'

소문의 비치 사카키바라 집단과 다르지 않은 것 같은데 착각인가?!

그러면서 도움을 청하려 레이나에게 시선을 향했다.

"상스러워서 미안해. 하지만 그만큼 다들 애시 군한테는 마음을 열고 있거든."

"초식 오타쿠 따윈 경계할 필요가 없다는 거 · 야☆ 착각하면 안 된다고—?"

……이것은 레이나 쪽이 완곡하게 표현한 것이고, 모모코의 표현이 실상에 가까울 것이다. 틀림없다. 카이는 그렇게 생각하기로 했다.

가게의 큰 방으로 들어간 뒤에도, 파티피플 여자들은 떨어지질 않았다.

소파자리에서 미백 피부랑 또 한 사람이 좌우로 둘러싸고서 꽉꽉 달라붙었다.

"조, 조금 가깝지 않아?"

"뭐야? 마카와가 보고 있으니까 곤란한 거야?"

"아하하, 나중에 잔뜩 샘을 내겠는데—?"

"귀여워♥"

뭐야 이거, 인기의 절정기인가?!

——카이도 그런 착각은 하지 않았다.

그녀들은 그저 단순히 "질투하며 샘을 내는 준"이라는 진귀한 모습을 보고 싶어서 카이에게 달라붙는 것뿐임은 금세 짐작이 갔다.

준 역시도 제대로 꿰뚫어본 모양.

테이블을 사이에 두고 카이 맞은편에서 레이나와 모모코 사이라는 포지션으로 소파에 앉아 있는데, 이런 상황에서도 당황하거나 소란을 피우지 않고 그저 주문한 음료를 빨대로 홀짝이며,

"잘 됐네, 카이—. 완전 인기가 넘치잖아. 모처럼 기회니까 은근슬쩍 놋치 가슴이라도 주무르면 어때—?"

그런 농담을 시원스러운 표정으로 던졌다.

그것이 주변의 여자들한테는 제대로 먹혀서.

"먀카와 만만치 않네."

"그보다도, 어쩐지 이미 부부의 여유라고 할까 관록이 나오는 거 아냐—? 나와 버리는 거 아냐—?"

"속지 마, 저건 블러핑이야!"

놋치라고 불린, 카이 오른쪽 옆의 아이만 정색해서는 그리 말했다.

키가 크고 햇볕에 탄 피부의, 깔끔한 인상의 스포츠 여자였다.

카이는 몰랐지만—— 여자 배구부의 불량 부원으로, 오늘처럼 빈번하게 땡땡이를 치는 주제에 부동의 에이스 스파이커라는 스펙 소유자.

피부가 탄 것도 딱히 배구 탓이 아니라 너무 놀러 다닌 것이 원인.(애당초 배구는 실내 스포츠다)

"서방님이 진짜 바람을 피워도 정말로 태연하게 있을지, 어디

한번 보여주지 않겠느냐! 애시 군한테 내 가슴을 주무르라고 할 테니까!"

그렇게 말을 던지자마자 교복 상의 옷자락에 양손을 대고 덥석 들어 올리려고 했다.

사이즈만이라면 준에게 뒤지지 않는 가슴을 시원스럽게 드러내려고 했다.

'이, 이것이 리얼충! 무서운 아이!'

카이는 전율.

가슴 정도, 브래지어가 있다면 보여줘도 괜찮다는 것인가? "아하, 수영복이랑 다를 거 없잖아—"라는 해방적인 분위기인가?

순간적으로 눈을 양손으로 가리고 손가락 틈새로 놋치 경의 거유를 배알하려고 했다.

하지만 "바보냐—!"라며 노래방 리모컨으로 **따끔하게** 날아온 준의 강렬한 딴죽으로, 놋치의 음행은 미연에 방지되었다.

카이가 엿볼 수 있었던 것은 옷 아래에서 햇볕에 타지 않은, 요염할 정도로 하얀 복부와 묘하게 야한 형태의 배꼽뿐이었다. 좋구나, 좋구나.

한편으로 여자들은 준의 너무나도 격렬한 딴죽에 대환희.

"아내께서 질투하시네———!"

"으—음, 잘 먹었습니다."

쌍둥이 자매들도 딱히 진심으로 준이 질투한다고는 생각하지 않는 주제에 꺄꺄 놀려댔다. 그것 때문에 준이 언짢은 모습을 드러내자 더더욱 재밌어하며 놀렸다.

"있잖아. 이제 그만 노래 좀 부르지 않을래?"

레이나가 탁월한 분위기 파악 스킬로 적절한 시기를 헤아려서 그렇게 말을 꺼내지 않았다면, 카이와 준은 언제까지 장난감 취급을 당했을지 알 수 없었다.

리얼충에 의한 리얼충을 위한 노래방 타임이 시작되었다.

시라유키가 완벽한 영어 발음으로 요즘 화제인 외국 영화 주제가를 샤우팅하고, 쌍둥이 자매가 제각각인 호흡으로 듀엣을 피로. 놋치의 노기자카? 는 귀가 아플 정도로 기운이 넘쳤다. 레이나의 발라드는 프로인가 생각했다.

그동안에 카이는 미백 피부와 함께 마라카스로 계속 흥을 돋우었다.

솔직히 30분도 안 되어서 소리를 내지를 뻔했다.

'재, 재미없어…….'

애니메이션 노래 말고는 모른다. 못 부른다.

아니, 엄밀하게는 유행곡을 전혀 모르는 것은 아니었다. 제목이나 가수 이름이 애매할 뿐, 아르바이트하는 곳에서 케이블 방송으로 틀어놓으니까 곡조 정도는 알았다. 주위의 분위기도 살피면서 "이쯤에서 추임새가 필요하겠네"라는 판단 정도는 가능했다.

하지만 그런 접대 노래방이 즐거울 리가 없다.

'어, 뭐, 됐어. 이쪽은 각오한 바니까.'

준이 이 멤버와 거북한 사이가 되지 않도록, 그저 그 마음 하나로 어울리고 있으니까.

하지만——.

'나는 괜찮다고? 나는.'

준의 모습을 보고서 떠오르는 것이 있었다.

지금은 모모코와 한창 듀엣 중이지만…… 엄청 기분 좋게 노래하는 모모코와는 대조적으로, 준은 참으로 어른스럽게 노래하고 있었다.

모모코는 군데군데 원래 곡조를 무시하고——좋게 말하면 자기 어레인지, 나쁘게 말하면 엇박——자신만만하게 자기 스타일을 밀어붙였다. 그런 자위적 가창법에 준은 제대로 맞춰주고 있는 것이었다.

원곡에서 백 코러스가 나오는 부분도, 솔선해서 준이 코러스 쪽을 맡았다.

제멋대로인 모모코를 상대로 한 듀엣이니까 그런 것이 아니었다.

아까부터 지켜봤더니, 준은 누가 듀엣을 하자고 그래도 그렇게 했다.

반대로 자기가 노래를 예약한 적은 한 번도 없었다.

'이런 거, 준의 **평상시** 노래방 스타일이 아냐.'

조금 더 말하자면, 전혀 즐거워 보이지 않았다.

'……내가 즐겁지 않은 건 당연하지만…… 준이 심심해하는 건 이상하지 않나?'

친구들끼리 노는데 재미 없다니, 그거 같이 노는 의미가 있나?
물론 친구라고 해서 모든 취미가 맞는다고 단정할 수는 없다.

예를 들면 카이는 만화를 좋아하고 라이트노벨도 애니메이션도 좋아한다.

한편으로 키시모토는 만화를 좋아하지만 라이트노벨이나 애니메이션은 좋아하지 않는다. 그리고 여자랑 노는 것이 취미.

그러니까 공통되는 취미인 만화 이야기를 즐긴다.

카이는 "용왕이 하는 일!"이나 "29세와 JK"가 아무리 걸작이라 생각해도, "이거 안 읽으면 인생의 손해라니까" 같은 선의라도 키시모토에게 강요하지 않는다. (만화판은 기꺼이 읽었다.) 키시모토도 카이의 성격은 이해해 주어서 "인원이 부족하니까 미팅에 나와줘!" 같은 부탁은 전혀 하지 않았다.

그러니까 같이 있으면 즐겁다. 친구가 될 수 있었다.

'하지만 준은 아닌가? 아니면 여자들끼리는 다른가?'

준이 레이나 그룹과 자주 노래방에 간다는 것은 알았고, 틀림없이 리얼충 노래방에도 따라갈 수 있다, 즐긴다고 생각했는데.

사실은 딱히 즐겁지도 않은데 억지로 어울리는 것일까……?

'그렇다면 석연치 않은데.'

이래서야 자기 집에서 전차나 타는 편이 낫지 않았을까?

카이는 그리 생각하고 말았다.

뚱하니 있는 사이에 모모코와 준이 한 곡을 완창했다.

모모코는 한동안 해냈다는 느낌을 미소로 표현하고 있었다.

하지만—— 갑자기 무언가 장난이 떠올랐다며 짓궂은 표정으로 바뀌더니,

"있지—, 애시 군도 노래 예약하지 그래—? 아까부터 한 곡도 안 부르잖아—☆"

애교를 떠는 목소리로 이야기를 건넸다.

이미 다른 아이의 노래가 시작되려고 그러는데도 개의치 않는, 완전히 자기중심적인 모습.

"아니, 됐어. 너희 노래를 듣는 편이 즐거우니까."

카이는 분위기를 읽고, 모모코에게 아슬아슬하게 닿을 정도로 볼륨을 낮추어서 대답했다.

"정말이지— 그런 소리나 하고—☆ 음치라는 게 들켜서 웃음거리가 되고 싶지 않을 뿐이라든지—?"

"그래, 정곡이야. 모모코한테는 못 당하겠네."

그냥 그걸로 됐다.

딱히 잘 부르는 편이 아니라는 것은 사실이고.

"있지있지—, 노래하자고—? 그렇다고 할까, 모모코랑 듀엣할래—? 하자고—? 마츠다가 엎드려서 빌어도 OK 안 하는, 플래티나한 일이라고—?"

"아니, 됐어. 노래 같은 건 잘 모르거든, 나. 같이 노래하지는 못하니까."

"괜찮아 괜찮아—☆ 모모코가 완전 잘 아니까, 맞춰서 불러줄 테니까—. 자, 애시 군이 좋아하는 노래, 넣어볼래? 넣어볼래?"

그런 소리를 해도 너 "사랑은 혼돈의 노예"를 틀면 부를 수 있겠냐. 무리잖아. "우―! 냐―!" 같은 거 억지로 불러봐야 짜증난다고?

카이는 그리 생각했지만 꾹 참았다.

취미는 강요하는 것이 아니다. 지금 리얼충 노래방 분위기를 모모코에게 강요당하여 카이가 불쾌한 것과 마찬가지로, 이해하지 못하는 인간 앞에서 애니메이션 노래를 불러서 기겁하게 만들 거라면, "사랑은 혼돈의 노예"라는 명곡이 울지 않겠는가. 그런 거 못 버틴다.

그러니까 분위기를 읽고 겸손한 태도로 거듭 사퇴했다.

하지만――.

"정말이지, 분위기 못 읽네―. 애시 군 너무 아싸야―. 비리얼충 기분 나빠―☆"

모모코가 비웃자 열이 확 올랐다.

아싸라고 모멸당하는 것은 뭐, 상관없다. 이 녀석들 같은 인싸의 극치와 비교하면 그야 자신은 세련되지 못했고 초식계 남자일 것이다.

하지만 비리얼충 취급은 승복할 수 없었다.

확실히 카이도 이 그룹 같은 녀석들을 가리켜서 "리얼충"이라고 표현한다.

하지만 그것이, 자신이 "비리얼충"이라는 의미가 되지는 않는다. 자신은 매일 오타쿠 취미를 만끽하고, 그런 군자금을 벌기 위해서 아르바이트도 열심히 하고, 코미케 등의 이벤트로 외출

하는 경우도 많다.

이것이 "충실한 리얼――현실 세계"가 아니고 뭐란 말인가?

울컥한 카이는 야유를 가득 담아서 반박했다.

"미하라는 그렇게나 나랑 같이 노래를 하고 싶어? 남자를 유혹하는 거야? 야한 거야? 비치야?"

"허어?! 너 지금 뭐라고 그랬어?!"

곧바로 모모코는 눈을 부라리며 빡쳤다. 말투도 본성이 엿보였다.

한순간 귀여운 아이인 척하는 가면이 벗겨져서, 살짝 웃겼다.

하지만 모모코는 금세 가면을 다시 쓰고 말투도 꾸며서,

"저, 정말이지―, 애시 군도 참, 너무해―☆ 모모코는 친구를 생각하는 거라고―? 마카와의 남친이 빨리 녹아들 수 있도록 발 벗고 나섰을 뿐인데―. 그런데 비치라고 하다니, 모모코 너무 가여워―☆"

"그런 소릴 하면서 친구의 남자를 노리는 거구나. 비치."

"그러니까 모모코는 전혀 비치가 아니라고――――――!"

"아…… 인기 없는 쪽이었나요……."

"너, 넘겨짚지 말라고, 기, 기분 나빠―☆ 아싸 기분 나빠―☆ 여자는 얼굴이 10할이라고 그랬지―? 모모코는 계―속 인기 있는데요―?!"

"그럼 비치잖아."

"아니라고――――――!"

카이는 적당히 놀리는 것뿐인데 일일이 정색해서는 부정하는

모모코.

쿵하니 짝하는 훌륭한 반응에 아주 살짝 즐거워졌다.

미백 피부나 쌍둥이 자매 역시도 새로운 장난감을 발견했다는 듯이 히죽히죽대고.

'그렇구나, 완전 짜증 모모코가 잘 나가는 그룹에 들어가서 잘 지내는 것도, 단순히 얼굴이 괜찮아서 그런 것만이 아니구나.'

묘한 부분에서 감탄하는 카이.

부채질 내성 제로인 그 아이가 격분해서는 일어나더니 치맛자락을 붙잡고,

"모모코가 비치인지 아닌지, 막을 보면 알겠지!"

"천박하니까 그만해!"

곧바로 레이나의 벼락과, 말없는 준의 촙이 정수리에 떨어졌다.

"오오오오오……."

모모코는 타격 당한 곳을 누르고는 몸을 웅크리고 고통스러워하는 목소리를 흘렸다.

여자들은 전원 대폭소였다. 그야말로 배를 붙잡고 양다리를 버둥버둥했다.

다들 치맛자락이 짧으니까 남자한테는 해로운 광경이었다.

카이는 고개를 숙이고 음료 빨대를 입에 대어, 보고도 못 본 척을 해야만 했다.

다시 말해서 빈틈없이 목격했다.

키시모토나 마츠다한테 들키면 질투로 살해당할 것 같아…….

◇◆◇

――그런 유쾌한 사고는 있었지만, 기본적으로는 지루한 리얼충 노래방 파티가 그 후로도 계속 이어졌다.

그것도 학생 프리타임이 끝나는 19시까지 꽉 채워서.

해산하게 되어 도보로 돌아가는 사람, 자전거로 아르바이트하러 가는 사람, 전철을 이용하는 사람으로 헤어졌다.

카이와 준은 전철 통학이었다.

아사기 고등학교에서 가장 가까운 사카타 역은 현의 동서선과 남북선이 교차하는 터미널 역.

카이는 현 북쪽 방향으로 네 역 떨어진 와타라이 역에서 내렸다.

그 밖에도 귀로가 같은 녀석이 있으려나 생각했지만 준밖에 없었다.

귀가 러시아워의 만원 전철에 둘이서 몸을 비집어 넣듯이 승차.

준을 문 쪽에 세우고 카이가 자신을 방파제로 삼아서 다른 승객의 압력으로부터 지켰다.

두 사람이 만나서 거의 매일 놀게 되고 1년. 딱히 사귀는 사이는 아니더라도 이 정도는 스마트하게 할 수 있게 되었다.

양팔을 문에 대고서 버티며 준을 감싸고 양다리에 힘을 실어

힘껏 버티는 카이.

그런 고생은 내색도 않고,

"역시 오늘은 지치네—. 그보다도 다들 너무 기운이 넘쳐. 따라가는 게 고작이야."

농담처럼 준에게 말했다.

"아하하…… 수고했어—."

준도 쓴웃음 섞어서 위로해 주었다.

학년을 대표할 법한 잘 나가는 여자들과 일종의 하렘 상태로 리얼충 노래방. 키시모토 같은 녀석이 듣는다면 "그게 뭐가 불만이냐 이 사치스러운 녀석—?!"이라며 완전히 빡칠 것이다.

하지만 초식계 남자인 카이에게는 "장난 아니게 피곤했다"라는 것이 본심.

"하지만 덕분에 살았어. 고마워, 카이."

"그래? 그런 거야?"

"사실은 있지, 전부터 애들한테는 카이를 소개해 달라든지 한 번 같이 놀게 데려오라고 그랬거든. 다들 내 남친이라고 착각해 버려서 흥미진진했던 모양이라서 말이지."

"아—……."

오늘의 일단은 환영받는 것 같은 분위기를 돌아보고 납득했다.

"하지만 카이는 틀림없이 그런 분위기는 거북할 테니까, 어떻게든 계속 얼버무려서 거절했는데……. 다들 거드름 피운다고 착각해서는 더더욱 흥미를 가지는 아이도 있어서 최근에는 계속 거절하는 것도 어려웠다는 게, 솔직한 상황이었어—."

그렇지만 준으로서는 빤히 알면서도 카이에게 폐를 끼칠 수는 없었다. 그러니까 카이 쪽에서 놀러가겠다고 말을 꺼낸 것이 더할 나위 없이 큰 도움이 되었다는 이야기인가.

"오늘 그걸로 애들도 납득했을 테니까. 정말로, 땡큐입니다."

그러면서 미소 짓는 준의 표정에는 힘이 없고, 행동에서도 피로를 감추지 못하는 모습이었다.

파뤼에 피플인 분위기에 익숙하더라도 그런 부분은 역시나 여자아이이리라. 남자인 카이와는 근본적인 체력이 달랐다.

잠시, 서로 대화가 끊어졌다.

거의 밀착한 상태로 마주보며 말없이 전철의 움직임에 따라 흔들렸다.

들리는 것은 어쩐지 쓸쓸한 열차의 주행음과 나른한 차내 방송의 목소리뿐.

카이의 품속에서 준이 꾸물꾸물 몸을 움직여서 스마트폰을 꺼냈다.

화면으로 시선을 떨어뜨린 그녀의 얼굴을 지근거리에서 내려다봤다.

울적한 표정을 띠고 있어도 준은 과장 없이 미소녀였다.

떨리는 길고 긴 속눈썹을 바라보며 "우리 누나랑 전혀 달라" "뭘 먹으면 이렇게 되는 거지?" 같은, 시시한 일을 멍하니 생각했다.

스마트폰으로 시간을 때울 필요도 없었다. 카이는 준의 얼굴이라면 언제까지 보고 있어도 질리지 않았다. 언제까지고 계속 보고 싶었다.

그녀의 얼굴은 정말 자신의 취향 정중앙이었다.

하지만 언제까지고 그럴 수는 없었다. 불과 네 역, 시간으로 따지면 12분 동안. 그것으로, 혼잡과 소음에 둘러싸인 이곳에서도 마치 준과 단둘이 된 것 같은 착각을 느끼고 마는, 참으로 흡족한 침묵과 정체의 시간은 끝나버린다. 그리고 카이는 전차에서 내리고, 다음 역에서 내리는 준과 작별하게 된다.

문득 깨달았다.

한 손으로 스마트폰을 조작하는 준이 동시에 무언가를 흥얼거리고 있다는 사실을.

열차의 주행음에 가로막혀 안타깝다고 생각하며, 그녀의 허밍에 귀를 기울였다.

느린 템포로 어레인지된 극장판 애니메이션 주제가. "같은 하늘 아래서".

'만족스럽게 못 불렀구나.'

카이는 그리 직감했다.

'나도 한 곡도 안 불렀으니까.'

카이는 그리 탄식했다.

했을 때에는 이미 몸이 움직이고 있었다.

전철이 와타라이 역에 도착하고 문이 열렸다. 카이는 준의 팔을 덥석 붙잡고 함께 내렸다.

"어?"

갑작스러운 일에 준은 어리둥절했다.

'그야 그렇겠지.'

그렇게 겸연쩍은 표정을 띠면서도 카이는 무뚝뚝하게 말했다.

"2차, 안 갈래?"

"갈래."

준은 즉답으로 OK해 주었다.

피로 따윈 단번에 날아가 버린 것 같은, 어마어마한 미소를 띠고서.

와타라이 역을 나와서 조금 쇠퇴한 번화가에 어울리는 허름한 노래방으로 들어갔다.

고등학생 신분으로, 통상 타임의 요금은 문턱이 높지만 그런 소리는 할 수 없었다.

이용 시간과 퍼스트 드링크를 접수처에 주문하고 좁다란 방으로 들어갔다.

——들어간 순간, 준이 갑자기 뒤에서 끌어안았다.

"오늘은 정말로 수고했어어어어어어어어어어어!"

"준?!"

주위의 시선이 사라지기를 기다렸다는 듯이 굉장한 기세에 카이는 당황했다.

"솔직히 스트레스 쌓였잖아? 노래하자! 엄청 노래하자! 오히려 노래할 수밖에 없어!"

어쩐지 분위기가 이상하다고 할까, 몹시 감동한 모습인 준.

"아, 아니 과장스럽다고."

카이도 목소리가 뒤집어지고 말았다.

등에서 짓눌린 준의 볼륨 넘치는 가슴의 감촉이! 감촉이!

"준 친구들, 좋은 녀석들뿐이었잖아. 그야 분위기에 못 따라가는 구석도 있었지만, 스트레스가 쌓였다니 말이 심해. 그런 일 없다고."

"하지만 사실은 그런 아이들, 거북하잖아? 하지만 카이는 내 친구를 절대로 나쁘게 말하지 않는구나. 걔들 어쩐지 아까부터 LINE에서 카이 험담으로 신이 났는데!"

"아—. 같이 돌아가는 녀석이 없었던 거 그래서였나—. 알고 싶지 않았는데—."

뒤로 험담을 듣는다. "여자는 무서워"라며 마음속으로 생각했다.

하지만 역시나, 그렇다고 해서 그 아이들을 나쁘게 말하려는 생각은 들지 않았다.

친구의 친구는 친구라고 할 수 있을 만큼 커뮤니케이션이 강하지는 않지만 최소한의 예절은 분별한다. 사람으로서 중요한 이런 일은 딱히 부모나 교사에게 배우지 않았어도 만화나 라이트노벨이나 애니메이션이 가르쳐준다.

"그래도 진짜로, 다들 미하라 같은 녀석은 아니겠지?"

"응! 레이나나 놋치는 말리는 쪽에 서주는걸."

"거봐, 좋은 녀석이 잔뜩 있잖아. 역시 준의 친구잖아."

"카이도 그중 하나야! 정말 좋아해!"

더욱 강하게, 꽉 끌어안았다.

지금 준이 입에 담은 이 "좋다"는 남녀로서의 "좋다"라 아니라 어디까지나 친구를 상대로 하는 "좋다"이다. 다름 아닌 준이 하는 말이니까 카이는 알 수 있었다.

라이트노벨에 나오는 둔감 주인공처럼 결코 착각하는 것이 아니었다.

그럼에도 Love가 아니라 Like라고 해도, 그 말을 들으니 찌—잉 하게 오는 것이 있었다.

그저 순수하게 기쁘다는 감정이었다.

'어쩐지…… 이런 거…… 여자 사람 친구니까, 그렇겠지…….'

카이는 그리 곱씹지 않을 수가 없었다.

남자 친구들끼리 아무리 사이가 좋아도, 상대에게 호감을 품고 있어도 얼굴을 마주하고서 "좋다" 같은 소리를 할 수는 없다. 끌어안거나 스킨십도 못 한다. ┌(┌^o^)┐ *←이런 것이 출현해 버린다.

'그렇겠지. 단순한 여자 사람 친구니까 말할 수 있는 것도 있구나.'

그러니까 자신도 사양 않고 마음을 전하자. 돌려주자.

확실히 오늘은 자신이 준을 돕는 쪽으로 나섰다. 이래저래 고생도 했다.

그것에 보답을 받자는 생각은 없었다.

하지만 역시 그 수고를 준이 알아차려주고 이렇게나 감사를 받는 것은, 기쁜 일이었다. 기분 좋은 일이었다. 그것이 거짓 없는 인정이었다.

---

*일본에서 BL을 좋아하는 층을 표현할 때 사용되는 이모티콘.

그리고 제대로 그것을 알아차려준, 준 같은 녀석이 친구라서 정말로 좋았다. 모모코 같이 무신경한 녀석이었다면 절대로 알아차리지 못했으리라.

그래서 자신도 제대로 마음을 말로 전하자.

"나, 나도 준을, 조, 좋아벱?"

그리 생각했는데 발음이 꼬였다. 꼬여 버렸다!

머, 멋없어…….

"내가 좋은걸!"

하지만 준은 신경 쓰지 않았다.

더욱 기뻐하며, 더욱 끌어안았다.

더욱 준의 가슴이 닿아서, 더욱 카이의 하반신이 곤란한 상황에 빠졌다.

그리고, 두 사람은――.

"손님…… 저희 가게는 **그런 가게**가 아니니까, 양해 부탁드립니다."

――음료를 가져온 여성 점원에게 주의를 받고 후다닥 산개 태세에 들어갔다.

카이도 준도 얼굴이 새빨갰다.

제대로 고개를 들 수가 없었다.

떨떠름한 분위기를 날려버리기 위해서, 둘이서 전력으로 노래방을 즐기기로.

"~네~의, ~서~운, ~잡은 검♪ ~옴을 맴~도~는, 빨간 뿌요뿌요~옹♪"

준이 큰 소리로 노래를 불렀다.

프로 가수만큼 발음도 음정도 좋지는 않지만 엔카 가수처럼 주먹을 쥐고서 열창하는, 카이가 잘 아는 그녀의 노래 방법.

엄청 기분이 좋은지 즐거워하는 심정이 전해졌다.

그래, 이래야지. 그렇게 카이마저 그에 이끌려서 마음이 들떴다.

지지 않고 한 곡――.

"~을 뻗~는~다~, ~하는 기분으로~♪ ~하지만 또~, ~부숴 버~린~다~♪"

1차에서 부르지 못했던 욕구불만을 날려버리는 것 같은 절창.

준보다 서투르지만 신경 쓰지 않았다.

여성 가수의 곡이라서 가성을 잔뜩 사용하지만 부끄럽지 않았다.

친구 사이에 무슨 거리낄 것이 있을까?

오타쿠들끼리 이제는 애니메이션, 애니메이션 노래 메들리. 유행곡 따위 알게 뭐냐!

이거야, 이거! 아아, 노래방 기분 좋아아!

"~라리아! ~가 하는~ 보라~ 으으음♪"

"~라리아! ~차게~ 끝~ 없이~♪"

"~노래~, ~려가~는~ 으으음♪"

"~는 거야~, ~가로~♪"

애니메이션 노래의 취향도 맞는 사이니까 듀엣도 분위기 오른다.

소파에서 나란히 노래하고, 분위기를 타서 아이돌 유닛처럼 손을 잡고 치켜들었다.

"잠깐, 목말라—!"

"나도—!"

"음료 추가로 주문할게—!"

"난 자몽—!"

준이 옆에 있는 내선 전화 수화기를 들고 추가 음료를 주문해 주었다.

그것을 기다리는 동안, 잠시 휴식하는 흐름으로.

때마침 준의 스마트폰이 벨소리를 울렸다.

"놋치가 걸었어."

"받아도 돼."

"아니아니. 나중에 LINE 보내겠지."

"사양할 것 없는데."

그런 대화를 나누는 동안에도 LINE의 대화방으로 메시지가 직접 들어왔다.

준은 슥 훑어보고,

"놋치가 카이한테, 오늘은 짜증나게 굴어서 미안하대. 더 이상 안 할 테니까 다음에는 나랑 셋이서 놀러가자는데."

"어, 응……."

역시 리얼충님. 행동력이라고 할까, 친구를 더 만들자는 활동성이 심상치 않았다. 카이는 이런 발상, 그 자리에서 바로 나오지는 않는다.

"새, 생각해 두겠다고 전해둬."

"생각해 두겠다고?"

준이 씨익, 짓궂은 미소를 띠었다.

"놋치, 가슴 크지?"

"그건 전혀 관계없잖아!"

이것은 진심의 딴죽.

준도 "농담이라니까"라며 쿡쿡 웃었다.

그리고는 무슨 생각을 했는지 팔짱을 끼고, 준도 가지고 있는 훌륭한 바스트를 강조하는 것 같은 자세를 취했다. 가득한 두 둔덕을 밑에서 떠받쳐서 가볍게 들어올렸다.

"나도 놋치한테 지지 않는다고 생각하는데—?"

그리고는 또다시 씨익.

"어, 어떨까. 모르겠는데."

카이는 슬쩍 얼버무릴 수밖에 없었다.

사실은 준이 이긴다고 생각한다.

놋치는 키가 큰 만큼 바스트 사이트가 유리해지는 것이 당연하고, 가령 두 사람이 같은 정도의 사이즈라면 준이 비례는 뛰어나다는 이유였다.

"그런 소릴 하면서 카이, 놋치 가슴을 흘끗흘끗 본 주제에~."

"들켰냐!"

"내 가슴도 자주 보잖아."
"죄송합니다 남자의 본능입니다 저항이 불가능한 배드 스테이터스입니다!"
"카이는 그렇게나 가슴이 좋은 거야~?"
"싫다는 남자가 있다면 어디 데리고 와봐!"
카이는 어디까지나 주어를 크게 하여, 자기 책임에서 도피.
"그, 그럼 있지……."
짓궂은 미소를 띠고 있던 준이 갑자기 굳은 표정으로 바뀌어서는 시선을 피했다.
"응?"
태도가 급변한 준의 얼굴을 무슨 일인가 싶어서 빤히 바라보는 카이.
그 시선에서 도망치듯이 준은 꾸물꾸물하며,
"내, 내 가슴, 만져……볼래?"
"……허어?"
"그, 그러니까! 그렇게나 가슴이 좋다면 만지게 해줄까, 그러는 거야!"
"허어어어어어어?!"
너무나도 깜짝 놀랄 제안이었기에 카이의 입에서 뒤집어진 목소리가 나와 버렸다.
"무슨 생각을 하는 거야, 준?!"
"우, 우정……?"
"너, 친구라면 가슴 만지는 거야?!"

"따, 딱히 닳는 건 아니잖아! 게다가 이제까지도, 다들 친해지면 한 번은 흥미진진해서는 만지게 해달라고 그랬는걸."

"그건 어디까지나 여자들끼리 이야기잖아?! 남자는 이야기가 다르잖아?!"

"나, 남자는 카이뿐이야! 특별해!"

목덜미까지 새빨개져서 준이 외쳤다.

그렇게나 부끄럽다면 그런 소리를 안 하면 될 텐데. 이쪽까지 부끄러운데.

설마 1차에서 카이한테 가슴을 주무르게 하려던 놋치에 대한 대항심?

혹은 단순히 오늘의 답례?

'아니아니아니아니아니아니…….'

카이는 어떤 표정을 띠면 좋을지 알 수 없었다.

한편으로 준은 수치심을 얼버무리려는 듯이 퉁명스러운 태도로,

"그래서, 어떻게 할래?"

"……조금만 생각하게 해주세요."

"생각한다고?"

준이 아직 뺨을 물들인 모습이면서도 또다시 짓궂은 미소를 띠었다.

'주물러야 하느냐, 그래서는 안 되느냐, 그것이 문제로다.'

카이는 사춘기 남자의 고뇌에 번민했다.

본심을 말하면 주무르고 싶다. 한 시간 정도 계속 즐겨보고

싶다.

하지만 정말로 준의 말을 받아들여도 될까?

5분 정도 주무른 참에, “설마 진심으로 할 줄은 몰랐다” 같은 소리를 하면서 싸늘한 표정으로 경멸하지는 않을까?

그럼 3분 정도까지는 세이프인가?

욕심 부리지 말고 30초 정도로 참아야 할까?

아니, 안전책을 따지자면 애당초 주무르지 않는 것이 당연히 최강이다.

생각해도 또 생각해도 해답은 나오지 않아……!

뭐냐, 이 치킨 레이스는…… 젠장!

“으으음…….”

카이의 오른손이 정처 없이 허공을 맴돌았다.

가슴속의 망설임을 여실하게 드러냈다.

그 손의 움직임을 준이 농담 하나 던지지 않고, 어쩐지 긴장한 표정으로 응시했다.

카이의 오른손이 준 쪽으로 흔들릴 때마다 몸이 움찔 굳어지고, 멀리 벗어날 때마다 “으으음” 하고 석연찮은 표정을 띠었다. 카이로서는 알 수 없는 복잡한 여심을 여실하게 드러냈다.

어쨌든 준은 이미 뺨을 장밋빛으로 물들인 채, 카이의 대답을, 결단을, 숨을 삼키며 지켜보고, 기다렸다.

이윽고── 카이의 오른손이 뚝 멈췄다.

마음을 정했다.

머뭇머뭇 손을 뻗었다.

그렇다.

풍만하기 그지없는 준의 가슴으로!

'남자의 본능에는 이길 수 없었습니다아아아아아아아아아!'

태어나서 처음으로! 이성의 가슴에! 확고한 의지를 가지고! 닿는다!

닿는 것이다!

부드러울까? 탄력이 있을까?

두근거림이 멈추지 않는데? 준의 두근거림도 직접 손으로 느껴질까?

"그, 그럼, 만지겠습니다. 친구로서."

"예, 예에, 사양 마시고. 친구니까."

서로 긴장한 나머지 의미도 없이 존댓말이 되어버렸다.

하지만 준은 소파 옆에 앉은 채, 결코 도망치지도 몸을 비틀지도 않았다.

그래서 카이의 오른손도, 이제 준의 왼쪽 유방에 도달해——

"손님…… 그러니까 저희 가게는, **그런 가게**가 아니니까요……."

——버리기 직전, 음료를 가져온 여성 점원에게 주의를 받고 카이는 후다닥 물러났다.

소파 구석에 착지해서 준으로부터 거리를 벌리고, 마치 아무 일도 없었던 것처럼 휘파람을 불었다. 점원의 비난하는 시선이 휘감겨 들었지만 시치미를 떼는 표정으로 계속 불었다.

다만 점원도 그 이상 말하지는 않고, 여봐란 듯이 한숨과 함께 음료를 두고 나갔다.

두 사람은 크게 안도.

그리고 준이 갑자기 웃음을 터뜨렸다.

"뭐, 뭐야?"

"지금 카이 움직이는 거, 굉장했어. 앉은 채로 훌쩍! 체펠리 씨 같았어."

"절체절명의 궁지에 빠졌을 때, 남자는 파문술사가 되거든."

"후후. 그럼 다음에 파문커터 써봐."

"어쩔 수 없는 상황이 된다면."

농담이 오가고, 그리고는 둘이서 실컷 웃었다.

가슴을 만지느냐 마느냐, 그것 때문에 묘하게 야한 분위기가 되었던 것도 그것으로 깔끔하게 씻겨나갔다.

둘이 사이좋게 음료로 목을 적시고,

"듀엣이나 할까, 카이."

"'사랑은 혼돈의 노예'?"

"너무 예전이다! 하지만 나이스 초이스!"

준이 리모컨을 조작했다.

물론 애니메이션 영상이 붙은 녀석을 선택.

모니터 안에서 마구 날뛰는 냐루코 씨와, 그들은 함께 신이 나서는 노래했다.

결론――애니메이션 노래로 달리는 노래방은 최고!

오타쿠가 하는 일!

다음 날. 등교 시간.

아사기 고등학교 정문 앞에는 매일 아침, 교사가 교대로 서 있다.

교칙이 느슨한 학교지만 그래도 너무 탈선한 복장의 학생이나 지각생을 단속하기 위해서였다.

오늘 아침의 당번은 신임 사회과 교사였다.

1학년 담당이라서 카이는 잘 모르지만 벌써 학생들에게 인기를 얻고 있다는 사실은 알았다.

29세라는 젊은 나이에 더해서, 애초에 외모가 괜찮았다. 마치 순정만화에서 빠져나온 것 같은, 갸름한 얼굴의 싹싹한 남자였다.

이러고서 여자한테 인기 없을 리가 없으니, 새된 목소리로 시끌벅적 말을 건네고 둘러싸는 모습을 카이도 학교 여기저기서 목격했다.

오늘 아침도 그랬다. 등교한 여자들이 "안녕, 프린스!"라느니 "프린스 선생님, 오늘도 잘 나가네!"라느니, 인사를 한 뒤에도 정문 앞에 머무르며 그를 둘러싸고 있었다. 게다가 1학년만이 아니라 상급생 여자들한테도 인기였다.

참고로 "프린스"라는 것은 혜택받은 그 외모를 바탕으로 붙은 별명일 뿐만이 아니라, 이름이 "王子"라 쓰고 "프린스"라고 읽는 것이었다. 진짜로.

같은 키라키라 네임에 카이도 공감을 느꼈다. 하물며 이 선생님 세대라면 아직 키라키라 네임은 드물지 않았을까. 그가 느낀 수치심은 비교가 되지 않을 수준이 아닐까. 모르겠지만.

카이가 정문을 지나자, 여자와 즐겁게 이야기를 나누던 중이었던 프린스 선생님이 고개를 들고 “안녕!” 하며 싹싹하게 인사했다. 카이도 가능한 한 예의바르게 “안녕하세요”라고 답했다.

이만큼 여자한테 인기 있는 교사라면 남자한테 반감을 살 법도 한데, 그렇지도 않은 비결이 이런 싹싹한 태도였다.

잘생긴 외모에 걸맞지 않게 꾸밈없고, 메이저한 만화나 게임 이야기에도 기분 좋게 참가한다든지.

또한 상당히 형님 기질이 있어서 사소한 고민 상담에도 끈기 있게 응해 준다고 한다.

덧붙이자면 조금 얼빠진 면도 있어서, 수업 중의 별것 아닌 대화중에 집에서는 아내한테 휘둘리며 기를 펴지 못하는 모습이 드문드문 누설되기도 한다나.

덕분에 1학년 남자들한테는 공처가 소재로 잔뜩 놀림을 당한다나. 그것 역시도 프린스 선생님이 인기 있는 이유이리라.

그렇게――다수의 소문이 안테나가 낮은 카이의 귀에도 들어올 만큼 대인기인 선생님이었다.

사립학교라서 그런지 아사기에는 유니크한 교사가 많은데 그 중에서도 손꼽을 정도일지도 모른다.

‘선생님이랑 만화 이야기라든지, 재밌을 것 같네―.’

2학년 담당이 아니라는 사실을 조금 아쉽게 느끼며 카이는 학교 건물로 향했다.

신발장에 도착해서는 실내화로 갈아 신는 레이나를 발견했다.
카이는 어제 이야기를 떠올렸다. 모모코 등등이 그룹 채팅에서 카이를 신나게 험담하는 가운데, 레이나는 그것을 말리는 쪽에 있어주었다고 한다.
붙임성 있게 굴어서 벌을 받지는 않는다.
"안녕, 후지사와!"라며 기운차게 말을 건넸다.
그것으로 레이나도 이쪽을 알아차렸다. 천천히 카이 쪽으로 돌아봤다.
오늘 아침도 제대로 화장을 마친, 화사하면서도 품위를 잃지 않은 그녀의 미모.
요염할 만큼 색기를 머금은 째진 눈이 이쪽과 마주치고——.

"칫."

그 순간, 어째선지 갑자기 혀를 찼다.
그것도 성대하게. 혐오감을 가득 담아서.
실제로 레이나는 이쪽을 흘끗 쳐다봤을 뿐, 냉큼 떠났다.
카이를 보는 눈빛은 그야말로 살아있는 쓰레기를 보는 눈빛이었다.
무시무시할 만큼 강렬했다.
"자, 잠깐. 그건 뭔데."

카이는 황급히 뒤를 좇았다.

'친구의 친구는 친구라고 말해준 거, 역시 겉치레였냐?'

어제의 레이나는 모모코와 달리 시종일관 호의적인 태도로 대해주었다. 적어도 표면상으로는.

그런데 지금은 완전히 급변한 태도.

대체 이게 무슨 일이냐, 확인하지 않고 넘어갈 수가 없었다.

아니── 물론 다른 상대가 이랬다면 그런 용기는 나오지 않았을 것이다.

하지만 상대는 준의 친구. 이쪽도 친해질 필요까지는 없지만 사이가 틀어지는 것은 좋지 않다. 준이 사이에 끼어버릴 우려가 있다.

순간적으로 그렇게 생각했더니 자연스럽게 다리가 움직인 것이었다.

"나, 무슨 거슬리는 짓이라도 했어?"

레이나를 따라잡고 복도를 나란히 걸으며 목소리를 낮추어 물었다.

"…………."

하지만 레이나는 철저하게 무시했다. 눈도 마주치지 않았다.

반── 아니, 어쩌면 학년 카스트의 정점에도 군림하는 "여왕"이 얼음 같은 거절의 갑옷을 두른 것이었다. 카이는 이내 용기가 시들 뻔했다.

그럼에도 꺾이지 않았던 것은 준과의 우정 덕분이었다.

"있잖아! 무슨 말이라도 좀."

"……분위기를 좀 파악해. 너랑은 이제 대화하기 싫어. 모르겠어?"

레이나는 또다시 혀를 찼다.

걸음걸이는 빠르게, 눈도 똑바로 앞만 보고서.

카이는 그에 맞추어 복도를 걸으며,

"스스로도 잘 알 수 없는 이유로 무시당하는 건, 아무리 그래도 너무한데?"

"나는 준의 남친을 나쁘게 말해서, 준한테 미움을 받고 싶지 않아."

"뭐야, 그게?!"

"같은 이야기를 두 번 하게 만드는 남자는 너무나도 우둔한 사람이라고?"

더없이 쌀쌀맞은 레이나.

그럼에도 카이는 물고 늘어졌다.

자신은 딱히 남친이 아니라든지, 이제는 부정하는 것도 귀찮아서 그건 패스하고,

"준한테는 말 안 해. 그러니까 가르쳐 줘. 내 뭐가 그렇게나 마음에 안 들어?"

"둔감한 남자네!"

레이나가 짜증이 났는지 복도에서 갑자기 걸음을 멈췄다.

간신히 이쪽을 봤다.

야쿠자의 정부도 이러할까 싶은 무시무시한 풍격이 넘치며 적의의 한계까지 노려봤다.

쫄 수밖에 없었다. 살짝 뒷걸음질치고 말았다.

도망치지 않았던 것만으로도 칭찬했으면 좋겠다—— 그만큼 지금의 레이나는 무시무시했다.

냉기가 뼛속까지 스며들 것 같은 목소리로 말했다.

“그렇다면 거리낌 없이 말하도록 하겠는데—— 어제 노래방, 그건 무슨 생각이야?”

“무슨…… 생각이냐고. 나, 뭔가 저질렀나?”

“자각은 없어? 너, 처음부터 끝까지 계속 재미없다는 태도로! 무슨 시위하는 것처럼!”

레이나의 비난에 카이는 한순간 말문이 막혔다.

머리로 생각하는 것보다 먼저, 지금 정곡을 찔렸다며 몸이 깨닫고 굳은 것이었다.

레이나의 격렬한 규탄이 이어졌다.

“그래도 흥이 깨지지 않도록 다들 얼마나 열심히 분위기를 띄웠는지, 너는 모른다는 거지? 계속 비협력적인 태도였다고? 모모코조차도 배려해서 듀엣을 권유했는데, 너는 거절했어.”

“미하라 이야기는 나도 몰라! 그렇게 나쁜 말만 하는데, 그걸 어떻게 배려라고 생각하겠어!”

“……그러네. 모모코의 경우에는 그 아이가 잘못했어.”

레이나는 곧바로 철회했다.

카이를 상대로 아무리 화가 났어도 일의 경위를 왜곡해서 비난하지는 않았다.

이 여왕님은 공평하다는 걸 카이도 안다.

그렇기에 레이나의 발언에는 막무가내로 뿌리칠 수 없는 무게가 있었다.

"적어도 한두 곡이라도, 어울려 줄 수도 없었던 거야?"

"……어쩔 수 없잖아. 나, 유행하는 노래 같은 건 모르고."

"네가 좋아하는 노래를 부르면 되잖아."

"뭐? 애니메이션 노래 따윈 부르는 날에는, 그야말로 너희 분위기가 깨졌을 거잖아?"

"단정하지 말라고? 어릴 적에 프리큐어 정도는 봤어."

"남자한테 그걸 부르라고?!"

거의 첫 대면인, 잘 나가는 여자들 앞에서?

허들이 너무나도 높다.

"라퓨타나 토토로라면 재방송할 때마다 볼 만큼 좋아해."

"역시 지브리구나."

카이는 어이없다는 심정으로 말했다.

'그것 봐, 역시 그래.'

뭐라고 말하든지, 오타쿠가 아닌 인간은 오타쿠를 이해할 수 없다.

하지만 그건 괜찮다.

카이도 파티피플 문화는 이해할 수 없고, 할 생각도 없다.

그러니까 서로에게 무관심 · 무간섭이면 되잖아.

취미나 기호를 강요하는 것만큼 야만스러운 짓은 없다.

카이는 항상 그리 생각했다.

"그러니까 사는 세계가 다르단 말이지. 처음부터 알고 있던 일이야. 나랑 너희는 어차피, 즐거운 노래방 같은 건 불가능했어. 나는 각오를 했고, 재인식할 것까지도 없었지만!"

"잘도 뻔뻔스럽게 그런 말을 하는구나. 어제 준의 모습을 보고 너는 아무 생각도 안 들었어? 적어도 남친이잖아?"

"생각? 그래, 들었지! 엄청 재미없어했어!"

"그게 누구 탓이라고 생각하는 거야?"

"너희를 배려하니까 그런 거잖아?"

이번에야말로 이쪽이 정곡을 찌를 차례라고, 카이는 몰아세웠다.

"허."

하지만 레이나는 코웃음 쳤다.

카이의 공세를 가볍게 받아넘겼다.

"역시 모르네. 준이 배려한 건── 너야."

"…………뭐라고?"

"모모코나 다른 애들이랑 같이── 아니, 그 이상으로. 네가 노래방에 온 탓에 분위기가 나빠지지 않도록, 준은 철저하게 모두가 기분 좋게 노래 부를 수 있는 서포트를 담당했어. 본래 그 아이는 누구보다도 기분 좋게 노래 부르는걸. 설마 그것도 모르는 거야?"

'…………………………………알고 있어.'

두 번째 충격으로, 발밑이 흔들리는 심정이었다.

설마 준에게 그런 마음고생을 강요했다니…….

애써 돕는 역할에 나섰던 것은 틀림없이 자기 쪽이라고 생각했는데…….

"정말로 한심한 남자네!"

레이나는 드물게도 거칠게 말했다.

"준한테 수치만 주고. 그 후에, 네가 얼마나 욕을 먹었는지 알아?"

"……알아."

"그건 반대로, 준이 나쁜 말을 들은 거나 같은 의미라고? 자각은 있어?"

"…………."

카이는 고개를 숙이고 입을 다물었다.

분했다. 이런 이야기를 들었는데 분하지 않을 리가 없었다.

하지만 곧바로 반론할 수가 없었다.

이를 갈 수밖에 없었다.

"……그럼…… 나는, 어떻게 해야 됐는데?"

어떻게 하면, 준에게 수치를 주지 않고 넘어갔을까.

설마 톱클래스의 인싸처럼 행동하고 약삭빠르게 굴라는 건가? 그런 건, 갑작스럽게 할 수 있는 일인가. 너무나도 터무니없다.

"그야 뻔하잖아?"

레이나는 코웃음 쳤다.

이런 단순한 것도 모르냐고 바보 취급 하며 대답했다.

"전제조건이 잘못되었어. **애당초 노래방에 안 왔으면 됐다고.**"

세 번째 충격이 카이의 발밑을 흔들었다.

"모모코가 아무리 제멋대로 굴든지 너는 의연하게 거절하면 됐어. 학생식당에서 있었던 일 기억해? 준은 거절하도록 권유했지? 나도 권유하진 않았지? 그래도 너는 폼을 재고, 준을 감싸고, 오겠다고 했어. 그것 자체는 좋은 일이야. 남자인걸, 폼을 재서 나쁠 건 전혀 없어. '호오, 의외로 융통성이 있구나'라고, 나도 그때는 감탄했는데—— 엄청난 과대평가였어."

레이나의 말 하나하나에 카이는 더더욱 힘껏 이를 악물었다.

아플 정도였다.

"이해할 수 있겠어? 우리랑 어울리는 이상은, 우리한테 맞춰. 그게 싫다면 애초에 그 안으로 들어와서는 안 돼. 그것 역시도 하나의 어엿한 입장이야. 나도 **무턱대고 취미를 강요하는 야만스러운 짓을 안 하고**, 너도 사는 세계가 다르다는 걸 안다면 **서로에게 무관심 · 무간섭——그것로 됐잖아**. 내 이야기, 이상해?"

"……이상하지…… 않아."

완패였다.

완벽할 만큼, 논파당했다.

여전히 고개를 숙인 카이에게 레이나는 잔뜩 경멸이 담긴 시선을 찌르고, 최후의 통지를 했다.

"너 같은 남자, 준한테는 안 어울려. 나는 결코 인정할 수 없어. 하지만 준에게는 준의 취향이 있으니까 나는 굳이 입 밖으로 꺼내진 않을 테고, 너희를 방해하지는 않겠어. 말했잖아? 준에게 미움 받고 싶지는 않은걸. 그러니까 너도 신경 쓰지 말고 준이랑 잘 지내줘. 다만 나한테는 불필요하게 말을 건네지 말라고? 네 얼굴을 보는 것도 불쾌해."

그 말을 듣고—— 카이는 고개를 번쩍 들었다.

생각하는 것보다도 먼저 몸이 움직였다.

지금 그것은 그냥 넘어갈 수 없다고 느꼈다. 석연치 않다고 느꼈다.

하지만 그 정체까지는 알 수 없었다. 사고가 따라가지 않았다.

그래서 레이나를 노려봤을 뿐, 말이 나오지 않았다.

레이나도 이쪽의 시선을 여유롭게 받아내며 잠시 기다렸지만, 카이가 아무런 답도 못 하는 것을 보고 이번에야말로 냉큼 가버렸다.

"그럼 안녕히——**나카무라 군**."

정말로 억누른 마지막 말이었다.

그만큼 애시라 부르지 말라고 부탁했는데.

나카무라라고 불렀으면 했을 터인데.

석연치 않은 기분을 품은 채, 그날 수업이 진행되었다.

답답한 심정을 품은 채, 방과 후가 왔다.

오늘은 아르바이트 날이었다.

카이는 오타쿠 취미를 만끽하기 위해, 군자금을 벌기 위해 주당 두 번 페이스로 들어간다.

요일은 시프트에 따라서 다르다.

오늘 같이 수업이 있는 날이라면 저녁 다섯 시부터 밤 열 시까지 다섯 시간. 도중에 15분 휴식이 한 번 있고, 그것도 시급에 포함되는 화이트한 아르바이트 자리.

비디오 대여점 "비버" 4호점.

사카타 시를 중심으로 여덟 점포를 둔, 노포(老舗)인 지역 체인점이다.

라이벌 가게가 차례차례 제국 츠●야에게 항복하는 가운데, 특기인 게릴라 전법으로 계속 대항하기를 여러 해. 일진일퇴의 공방이 벌어지는 사이에, 인터넷 동영상 서비스의 파도가 밀려들어 대여점 업계 그 자체가 위험해진 요즘 시대가 되었다.

비버는 점포 단위로 강한 특색을 내세우는 전략으로 살아남아서, 이곳 4호점은 애니메이션이나 특촬, 또는 오타쿠 취향의 영화(만화 실사화나 마블 작품 등)에 관련된 BD · DVD · CD를 다수 갖추고 있었다.

카이가 아르바이트로 이곳을 고른 결정적인 이유도 그것이었다.

종업원 할인이 통하는 것도 무척 고마웠다.

준이 Netflix에 잔뜩 빠져 있는 한편, 카이는 아직 BD 대여파. 인터넷 동영상 서비스는 회사 단위로 시청 가능한 애니메이션에 차이가 있다는 것이 아쉽고, 그렇다고 전부 계약하는 것도 돈이 아까우니까 좀처럼 결심하지 못하고 있었다.

평상시처럼 적당히 들어오는 손님을 소화하며 너무 한가하지도 너무 바쁘지도 않은 두 시간 반이 경과.

고등학교에 입학하고 곧바로 시작한 아르바이트였다. 카이도 이미 익숙했다. 설령 가슴에 풀리지 않는 응어리가 있을지라도 일일이 업무에 지장을 주지는 않았다.

휴식 시간이 와서 가게 뒤쪽의 휴게실로 들어갔다.

로커나 급탕 설비 외에 4인용 테이블이 놓여 있어서, 지친 몸을 내던지듯이 의자에 앉았다.

그러자――.

"수고하십니다, 나카무라 선배님."

같이 휴식으로 들어온 여자아이가 인사했다.

다른 이들보다도 가련한 용모를 스스로도 잘 아는, 보기에도 시건방진 얼굴의 후배였다.

이름은 호테이 코토부키.

한 살 아래로, 얼마 전에 막 고등학생이 된 열다섯 살.

다만 학교는 카이와 달리 근처의 공립.

어디까지나 아르바이트 상의 선배, 후배 사이.

그것도 2개월 전에 들어온 신인이었다.

코토부키 왈, 사실은 고등학생이 된 다음에 시작할 생각이었다는데 수험이 끝난 뒤의 중학교가 너무도 한가해서, 그렇다면 미리 해야겠다고 결심했다나.

비버도 본래는 고등학생부터 응모할 수 있지만, 그 시기 그런 케이스의 중학교 3학년만 아르바이트로 채용하고 있었다.

나이가 가장 가깝기도 해서 자연스럽게 카이가 지도 담당을 맡았다.

그녀는 "코토부키 씨"라고 부른다.

처음에는 성이 아닌 이름으로 부르는 것은 너무 허물없는 태도라고 생각했는데, 성으로 부르자 "호테이라는 건 일반적으로 **그 뚱뚱보***를 가리켜요. 제 이미지에는 맞지 않아요"라며 화를 냈기에 그만뒀다.

그런 코토부키가 주방에 서서 말했다.

"제가 커피 탈까요?"

묘하게 딱딱한, 그리고 억양이 부족하고 정중한 말투였다.

"아뇨, 괜찮습니다. 개의치 말고."

카이도 흉내 내어 대답했다.

"사양 마시고. 제가 마시는 겸해서 타는 거니까요."

"그랬나요. 그럼 기꺼이 받도록 하죠."

"처음부터 그렇게 말씀하시면 될 텐데."

"앞으로 신경 쓰겠습니다."

마치 농담 같은 대화, 말투였지만 코토부키는 결코 장난을 치는 것이 아니었다.

이 후배는 항상, 다른 종업원이나 손님을 상대로도 이랬다.

시건방진 녀석이라는 것은 틀림없는 한편으로, 사실은 완전히 두부 멘탈인 것이었다.

접객업이라는 것은 힘든 녀석은 끝까지 힘들다. 코토부키가

*일본 신화의 칠복신 중 한 명인 호테이. 배가 나온 대머리로 그려짐.

바로 그랬다. 아르바이트를 처음 시작했을 무렵에는 패닉에 잇따른 패닉 상태였다.

존댓말에도 익숙하지 않았으니까 엄청나게 엉망진창.

카이는 조금이라도 익숙하게 만들어주고 싶어서, 코토부키와의 대화는 전부 존댓말로 했다. 그녀 쪽이 연하에 후배라도 개의치 않았다.

그리고 현재에 이른 것이었다.

2개월이 지난 지금도 아직 코토부키의 말투나 접객은 어색했다.

그래서 카이도 존댓말로 계속 대하고 있었다. 그래서 이상한 대화가 되는 것이 최근에는 오히려 즐거워졌다.

코토부키가 인스턴트커피 컵 두 개를 테이블에 놓고 카이 맞은편에 앉았다.

평소처럼 휴식시간을 한가득 사용하는 담소를 시작했다.

"ACCA는 이미 보셨습니까, 선배님?"

"예. 무척 훌륭한 애니메이션이었습니다. 원작 만화도 모았습니다."

"더욱 자세한 감상을 들을 수 있겠습니까?"

"롯타와 니노에게 앞으로 연애 이야기는 존재할 것인가, 누군가와 논의를 나누고 싶은 기분입니다. 실시간으로 시청하지 않았던 게 무척 애석합니다."

"축제에 늦으셨군요. 보지도 않고 판단하는 것은 선배님의 나쁜 버릇입니다."

"모쪼록 취미가 다양하다고 말씀해주십시오. 보고 싶은 애니메이션, 읽고 싶은 만화, 하고 싶은 게임이 세상에는 너무도 많은 겁니다."

"선배님은 바람둥이군요."

"유감입니다. 당신도 모든 애니메이션을 시청할 수 있는 건 아닐 텐데."

"그거야말로 유감입니다. 저는 그 분기의 모든 애니메이션 1화를 시청하고서, 계속 볼지를 판단하려 하고 있습니다."

"세상에나. 놀랐습니다."

"존경해 주셔도?"

흐흥, 득의양양하게 구는 코토부키.

잘난 척을 해도 쓴웃음을 부를 뿐, 밉지는 않은 것은 이 녀석이 계속 감추는 두부 멘탈을 알기 때문이리라.

예를 들면 코토부키가 타준 이 커피.

카이는 컵을 기울여 내용물을 맛봤다.

고작해야 인스턴트인데도 평소보다 혀에 스며들었다.

"설탕이랑 우유, 평소보다 많지 않습니까?"

이쪽의 요청을 듣지도 않고 코토부키가 멋대로 탔는데, 지금의 카이에게는 반가운 분량이었다.

"선배님이 평소보다 지쳐보였으니까요."

코토부키는 아무것도 아니라는 듯이 대답하고, 막상 부끄러워서 이쪽과 시선을 마주치지 못하는 모습이었다. 솔직하지 못한 녀석이었다.

"그렇군요, 감사합니다."

그래서 얄미울 만큼 솔직하게 인사를 해줬다.

코토부키는 더더욱 눈을 피하며 안절부절 못 했다.

카이는 깨달았다.

건방진 이 후배가 의외로 눈치가 빠른 것은 근본적으로 겁쟁이라서 항상 주위의 안색을 살피기 때문이었다.

그런 부분이 카이는 귀엽기도 해서, 코토부키를 미워할 수 없었다.

"오늘 선배님은 무언가 고민을 품고 있는 것처럼도 보여서."

아직 시선을 마주하지 못하면서도 코토부키가 이야기를 꺼냈다.

굳이 건드리지 않으려던 것을, 이야기의 흐름을 보고 건드리는 방향으로 뜻을 다진 모양이었다.

"저라도 괜찮다면 들어드리겠습니다만?"

"괜찮은 겁니까?"

"저한테 사양할 필요는 없다고 말씀드렸을 터입니다만?"

"어, 그런 이야기였던가? ……그럼, 뭐. 대단한 일은 아닌데 말이지."

카이는 원래 말투로 돌아와서, 구체적으로 이름은 꺼내지 않고 얼버무려서 설명했다.

그것으로 무엇이 해결될 리도 없다고 생각했지만, 누군가가

BEAVER

이야기를 들어준다면 조금은 기분이 풀릴까 싶었던 것이다.

하지만 의외로——.

"선배님을 질타한 같은 반 학생의 기분, 저는 알겠습니다. 한편으로 선배님이 석연치 않은 이유도 짚이는 바가 있습니다."

코토부키는 이쪽의 눈을 똑바로 보고서 든든한 이야기를 해주었다.

"세상에. 정말입니까?"

"예. 물론."

"부디 가르침을 주신다면."

"가르쳐드리죠."

또다시 잘난 척을 하지만 미워할 수 없는 태도로 돌아가는 코토부키.

"그 사람은, 나카무라 선배님과 여자 사람 친구라는 분을, 틀림없이 연인사이라 착각하고 있습니다. 한편으로 선배님은 아닙니다. 어디까지나 친구 사이라고 생각합니다. 그런 인식의 차이가 두 사람이 어긋하게 만드는 것이?"

"앗……!"

무릎을 탁 치는 기분이란 바로 이것이었다.

코토부키가 개의치 않고 계속 이야기했다.

"연인 사이라면 남자친구로 걸맞을지 아닐지, 그런 견해도 존재하겠죠. 반면에 친구 사이에 자격 따윈 필요 없습니다."

그래서 레이나는 카이 같은 남자가 준의 애인이 될 자격은 없다며 분노한 것이었다.

반대로 카이는 친구인 준과 사이좋게 지내는데 어째서 남한테 인정을 하느니 마느니, 그런 소리를 들어야 하는지 석연치 않았던 것이다.

"귀찮네……. 남친이니 여친이니."

카이는 툭하니 중얼거렸다.

반쯤 무의식적인 행동이었지만, 그렇기에 그 말은 과장 없는 자신의 본심으로 여겨졌다.

'이건 생각을 좀 하게 만드는데…….'

탄식하고 눈을 감았다.

카이도 세간의 일반적인 사례와 다르지 않게, 막연하게 "여자친구 있었으면" 하고 생각했다.

하지만 의외로 여자친구 같은 게 생기더라도 귀찮은 일이 늘어날 뿐일지도 모른다.

걸맞은지 아닌지, 자격이 있는지 없는지. 일일이 그런 생각이 든다면 이 무슨 끝이 없는 일인가――.

예를 들면 레이나의 안목에 들어맞도록 노력하기로 한다면.

준의 외모에 어울리도록 좀 더 멋을 부리려고 의식해야 할 것이다.

준이 부끄럽지 않도록 리얼충 분위기나 취미에도 따라갈 수 있어야 할 것이다.

오타쿠 취미도 주위에는 숨겨야 할지도 모른다.

'그게 무슨── 바보 같은 짓이야!'

단순한 친구 사이라면 매일 같이 있고, 놀고, 잡담이나 나누고, 즐겁기만 하면 된다.

그저 그것만으로 충분한데. 그저 그것만으로 최고인데.

'준은 여자친구가 아니라 그냥 친구야. 하지만 그걸로 충분해. 아니, 그렇기 때문에 충분한 거야.'

지금처럼 계속 거리낌 없는 관계로 지내는 편이 연인사이보다 훨씬 좋다고 여기는 것은, 과연 카이의 생각일 뿐일까?

옆의 포도가 신 포도로 보이는 것뿐일까?

완전히 재인식하게 되었다.

다시 한번 한숨을 내쉬고 카이는 눈을 떴다.

테이블 맞은편에 앉은, 아르바이트 후배에게 감사인사를 했다.

"사고를 정리할 수 있어서 엄청 상쾌해졌습니다. 전부 코토부키 씨 덕분입니다."

"감사를 형태로 표현하는 것도?"

"다음에, 생각해 두겠습니다."

"기대하고 있겠습니다."

"그런데, 역시로군요."

"무엇이 말입니까?"

"코토부키 씨는, 여심을 잘 알고 계시는군요."

"당연한 이야기입니다. 저를 누구라고 생각하시는지?"

엣헴, 득의양양하게 구는 코토부키.

그런 건방진 태도를 역시 미워할 수 없었다.

실제로 도움을 받았어, 그렇게 쓴웃음이 나올 뿐.

"그런데 저도 선배님과는 사고방식이 다른 문제가 있습니다."

"말씀하시죠."

"롯타가 사랑할 상대는 니노가 아니라 레일이 아닐까요?"

처음에 나왔던 애니메이션 이야기를 계속하는 것이었다.

완전 진지하면서 도발적인 그 말에 카이도 마찬가지로 응했다.

"무슨 농담을. 그런 양아치, 롯타한테는 어울리지 않습니다."

"마치 선배님이 예의 무서운 같은 반 학생한테 들은 것 같은, 잔혹한 대사로군요."

"연인사이에는 자격이 필요한 것이라고 지적해 준 것은 코토부키 씨입니다. 그 점은 저도 부정할 수 없다고 생각했습니다."

"그렇군요. 하지만 레일은 롯타를 궁지에서 구해준 든든한 청년입니다만."

"아뇨, 그녀를 정말로 구한 것은 과장이라는 사실은 잊지 않도록."

"게다가 니노와는 나이 차이가 너무 나는 것 같습니다."

"롯타는 꿍꿍이속이 있는, 정신이 성숙한 소녀니까 니노 정도가 아니면 걸맞지 않을 터입니다. 게다가 이야기의 테마라는 측면에서도――."

"하지만 저는――."

"아뇨, 저는――."

애니메이션 이야기로 기탄없는 논의가 무르익었다.

실시간 시청을 놓쳤어도, 많은 시청자는 이미 새로운 작품으로 흥미가 이동했어도. 코토부키라면 언제든지 진지하게 어울려준다.

그것이 카이는 참을 수 없이 즐거웠다.

휴식 시간 15분은 마음껏 이야기를 나누기에는 너무나도 짧았다.

준과 함께한 지 1년, 모르는 사이에 이것저것 MAX가 되었습니다

주말.

카이는 자기 집 2층에 있는 자기 방에서 게임 중계 동영상을 시청하고 있었다.

다만 "중계"라고 부르기에는 어폐가 있을지도 모른다. "jyunjyun1203"이라는 이 유저는 전혀 이야기도 없으며 VOCALOID도 사용하지 않고, 이따금 자막을 달아둘 뿐이지 담담히 몬헌 시리즈를 비롯한 슈퍼플레이 동영상을 계속 올리는 금욕적인 유저였다.

그가 몬헌 4G 동영상을 올리던 시절부터 팬이 되었고, 이후로 약 5년 동안 계속 "JJ(제이투)"의 엄청난 기술에 매료되어 있었다.

같은 동영상을 몇 번이나 돌려본 적도 있고, 기대하던 최신 동영상에 열광한 적도 있다. 몬헌 월드도 판매가 시작되고 상당한 시간이 지나서, 게임 중계 업계에서는 점차 기세가 꺾이고 있는 콘텐츠(속편 아이스본 발매로 다시 뜨거워지는 것은 약 5개월 뒤)지만, 그럼에도 "JJ" 씨라면 해준다. 옛날부터 다작이기는 하지만 몬헌 동영상을 묵묵히 올려주었다.

금요일 심야에 공개된 역전왕 나나-테스카토리 솔로 토벌 영상에도 카이는 마음을 빼앗겼다. 난입하는 역전왕 테오를 화려하게 처리하는 모습에 흥분했다.

공부 책상에 낡은 노트북을 펴두고 딱 달라붙었다.

한편――.

오늘은 준이 대낮부터 놀러와 있었다.

카이의 침대에서 뒹굴뒹굴, 카이의 장서―― 만화책을 탐독 중이었다.

카이의 베개를 배 아래에 깔고 편한 자세로 완전히 유유자적 모드.

이렇게 하면 카이가 잘 때에, 준의 잔향으로 베개에서 좋은 냄새가 나서 좀처럼 잠들지 못하게 되지만……. 뭐, 굳이 그만두라고 주문하는 것도 그러니까. 이유를 묻는다면 부끄러워서 사실대로 대답할 수가 없다.

"정말이지~, 케이네 선생님 너무 무서워~. 너무 멋있어~."

준이 엎드린 채로 무릎 아래쪽을 구부렸다가 폈다가, 참을 수가 없다는 듯이 바동바동했다.

펼친 페이지에 얼굴을 처박듯이 가져다대고는 지극히 감격한 것처럼 몸부림 중.

"설마 그럴까 싶었던 전개란 말이지―. 멋있네―."

마침 동영상 시청도 끝이 난 참이라 카이는 맞장구쳤다.

"하지만 나는 단연코 쇼닌파거든. 그 녀석은 반드시 무언가 해주는 남자야."

"알 것 같아. 위험한 냄새가 나는 남자 멋있지."

그런 감상 토크를 나누며 카이는 자리에서 일어섰다.

아무렇지도 않게 책장 앞으로 이동해서, 아무렇지도 않게 『초인 고교생들은 이세계에서도 여유롭게 살아가나 봅니다!』의 문고본을 손에 들었다.

지금 준이 흥분으로 부들부들 떨게 만들고 있는 만화의 원작 라이트노벨이었다.

그리고 아무렇지도 않게 자신도 침대 한편에 앉아서 아무렇지도 않은 말투로 말했다.

"참고로 그 만화판 뒷내용, 원작으로 읽을 수 있는데?"

"아, 활자로 된 책은 사양이라서요."

"같은 원작자의 『낙제 기사의 영웅담』도 완전 뜨거운데?"

"『낙제 기사』는 애니메이션으로 전부 봤고, 만화 마지막 권까지 가지고 있으니까."

"원작이라면 칠성검무제의 결말까지 읽을 수 있는데?"

"활자는 졸리니까 사양이라서요."

"크윽……."

엎드린 채로 이쪽을 돌아보지도 않는 준의 모습에 개탄하지 않을 수 없었다.

준은 키시모토나 사토와 마찬가지로, 만화는 좋아하지만 라이트노벨은 읽지 않았다.

"러브헌터 링고"의 뒷이야기나 "밤의 일도수라를 드래곤팡"의 이야기로 같이 어울려 주지 못한다.

가끔은 라이트노벨 원작 애니메이션에 빠져서는 뒷내용이 궁금해서 참을 수 없을 때에만, 그리고 만화는 아직 이야기를 따라잡지 못했을 경우에만 준도 원작 소설에 손을 대기는 한다.

하지만 그것도 한두 권 정도 읽은 뒤, 근황 보고가 뚝 끊어지는 결말.

그야말로 활자 내성 제로.

카이로서는 라이트노벨 친구가 더더욱 필요한데!

'하지만 어쩔 수 없지. 이 이상은 취미를 강요하는 거야.'

카이는 『초인 고교생들은 이세계에서도 여유롭게 살아가나 봅니다!』를 슬며시 책장에 다시 꽂았다.

또다시 준이 흥미를 가져줄 법한 라이트노벨을 추천할 수 있는 그날까지, 조용히 심연에 몸을 숨기고 호시탐탐 기회를 엿보는 것이었다.

카이는 남모를 야심을 불태우며 침대 한편에 앉았다.

준은 다시 만화판 『초인 고교생』을 탐독했다.

이 오타쿠 친구가 만화책을 끝까지 읽은 뒤에도 마음에 드는 페이지를 그 자리에서 몇 번이고 다시 읽는다는 사실을 카이는 알고 있었다.

그건 괜찮다. 그건 괜찮은데——.

'이봐, 준. 또 팬티가 보인다고…….'

아까 다리를 바동바동했을 때, 그 여파이리라. 안 그래도 길이가 짧은 치마가 들쳐 올라갔다. 본래는 보여서는 안 되는 순백의 천이 정교한 레이스 자수까지 "여어! 난 팬티!" 하고 있었다.

'어쩔 수 없는 녀석이네.'

카이는 주의를 주려다가 문득 그만뒀다.

독서에 몰두한 준은 자신의 칠칠치 못한 모습을 전혀 신경 쓰지 않는 모양. 그런데도 카이가 굳이 지적하려고 했다가는 쓸데없이 부끄럽게 만드는 꼴이 된다.

그렇다면 은근슬쩍 흐트러진 치맛자락을 바로잡아주면, 그리고 카이가 아무것도 못 본 것으로 하면 만사 원만하게 수습되지 않을까?

'좋아, 그렇게 하자.'

카이는 **신사로서** 살며—시, 살며—시 준의 치맛자락으로 손을 뻗었다.

하지만 도중에 퍼뜩 떠올랐다.

'이거, 치마를 붙잡은 상황에서 알아차린다면 부끄러워서 죽는 건 오히려 내 쪽 아냐?'

지금 당장 작전을 중지해야 하지 않을까?

――그리 생각하고, 여기까지 와서 그만둘 수 있겠냐며 마음속으로 고개를 내저었다.

요컨대 작전을 완벽하게 수행하면 그만이었다. 닌자처럼 기척을 완전히 죽이면 그만이었다.

신사이자 닌자, 그것이 나카무라 카이.

'신중하게…… 신중하게…….'

슬며시 치맛자락을 붙잡았다.

그 순간, 준의 몸이 바짝 굳어졌다.

'미안해애애애애애애애애애애애애애애애애애애애?!'

카이는 소리로 나오지 않는 비명을 터뜨렸다.
그야 알아차리겠죠—.
치마를 잡았는데 모를 리가 없겠죠—.
마음속으로 그저 후회와 사죄를 거듭했지만——또다시 퍼뜩 깨달았다.
준은 어쩐지 긴장한 것처럼 보인다. 하지만 딱히 아무런 말도 하지 않았다. 잡아먹을 듯이 『초인 고교생』을 응시하는 모습.
'호, 혹시 못 알아차렸나?'
단순히 만화 전개에 싱크로해서 굳었을 뿐인가?
저 편에 그런 긴박한 장면이 있었던가?
어쨌든 준이 못 알아차렸다면 세이프. 그대로 신중하게 치맛자락을 내려서 바로잡았다. 미션 컴플리트.
구사일생으로 살아난 카이는 이마에 맺힌 보람의 땀을 훔쳤다.
선행을 했다며 자기만족에 빠져 있었다.
자신의 신사적인 치맛자락 내려주기—— 노블리스 오블리주에 긍지를 느꼈다.
덕분에 전혀 알아차리지 못했다.
여전히 몸이 굳어 있는 준이 귀 뒤쪽까지 빨갛다는 사실을.

15시가 되어 어머니가 간식으로 사왔다며 딸기를 줬다.
접시에 담아서 2층까지 가져와서는 그대로 셋이서 전부 먹을

때까지 카이의 방에 자리 잡고서 준이랑 잡담을 나누었다.

"들어봐, 준! 우리 바보 아들이——."

"그렇지 않아요, 어머니. 카이는 요전 쪽지 시험에서도——."

꺄꺄. 꺄꺄.

어머니(39)가 걸즈 토크라고 주장하길 거리끼지 않는 세상 이야기.

아들로서는 참으로 견디기 힘든 분위기.

뭐, 결국 30분도 안 되어서 물러나니까 카이도 흠을 잡지는 않겠지만…….

어머니가 떠난 뒤, 둘이서 무슨 게임을 할지 생각하다가 문득 준이 말했다.

"조금 있으면 골든 위크인데, 카이는 올해 어떻게 할 거야?"

"적어도 가족 여행 예정은 없는데."

어머니와 잡담을 나누다가 준이 연상한 것이라 짐작이 갔기에 즉답했다.

참고로 준의 미야카와네는 매년 GW는 2박3일의 가족 여행을 가는 것이 보통이라고, 이전에 들은 적이 있었다.

"그럼 카이는 올해도 또 아르바이트?"

거듭 묻는 준의 말투에 살짝 비난하는 기색이 섞였다.

작년, 카이가 GW를 아르바이트로 가득 채웠던 사실을 타박하는 것이었다.

비디오 대여점 "비버"는 연중무휴로 영업한다.

하지만 종업원의 입장에서는 GW나 명절에는 휴식이 필요한 것이 실정.

그래서 비버의 오너는 해당 기간 중에도 출근해주는 사람에게 날마다 특별수당(3,000엔)을 붙여주는 조치를 취했다.

이 이야기를 알게 된 작년의 카이는 그야말로 희희낙락했다.

고등학생에게 매일 3,000엔의 보너스는 크다. 너무나도 크다.

그래서 그만 분위기를 타서, GW를 **전부** 아르바이트로 채운 전말이 있었다.

“아무래 그래도 올해는 자중할게.”

PS4를 켜고 준과 나란히 침대에 앉으며 카이는 대답했다.

작년의 징검다리 8연속 출근은 역시나 힘들었다. 연휴가 끝난 뒤의 학교생활에 지장을 초래했다.

게다가 역시나 조금은 놀고 싶었다.

“하지만 한꺼번에 휴일을 받지는 못할 거야. 다들 시프트를 바꿔달라고 그럴 테고.”

“꼭 바꿔줘야 돼?”

올해도 멀리 나가지는 못 하겠다며 입술을 삐죽이는 준.

“아르바이트 선배들은 다들 애인이 있어. 그러니까 자유로운 신분으로서는 어느 정도 융통성을 발휘해야겠지.”

“그럼 GW 중에만, 내가 애인이 되어줄까?”

“!!!!????”

“농담이야. 웃긴 표정인데~?”

준이 씨익 짓궂은 미소를 띠고서 놀렸다.

당황한 카이의 얼굴을 빤히 들여다봤다.

"어, 어쨌든 선배들한테는 평상시에 신세를 지고 있으니까!"

신인 시절, 실수 연발이었던 카이를 불평도 않고 계속 도와주었던, 마음씨 고운 사람들이다.

이런 일로 은혜를 갚을 수 있다면 해주고 싶었다.

"정말이지—, 어쩔 수 없네—. 카이는 사람이 좋으니까 말이지—. 그런 면이 귀여우니까 말이지—."

"나, 남자한테 귀엽다고 그러는 건 아니잖아."

"그럼 의연하게 선배의 부탁을 거절해 보든지?"

"나, 엄청 귀여운 카이 군이에요. 잘 부탁해요☆"

가공의 마스코트 같은 가성을 내는 카이를, 준은 착하다며 머리를 쓰다듬었다.

"하지만, 그런가—. 그럼 뭐, 서로 시간이 맞으면 놀까—."

게임 패드를 내던진 준이 상반신을 뒤로 넘겨 침대에 누웠다.

"그러는 준은, 아르바이트 같은 건 안 해?"

"안 해, 안 해. 그렇다고 할까, 못 해. 우리 집에서 말이지—, '고등학생이 할 일이 아니다'라느니, '그럴 틈이 있다면 공부해라'라느니 시끄럽거든."

"아—. 그런 가정도 많지—."

그런 점에서 나카무라네는 방임주의 · 자기책임주의라서 살았다.

"하지만 그런 것치고 준은 재정 상태는 괜찮네?"

"어— 아냐아냐! 나 일 년 내내 쪼들린다니까!"

"그야 씀씀이가 클 뿐이잖아?"

항상 10연속 뽑기를 돌리고는 폭사한 준이 절규하는 모습을 봤다.

카이에게는 모바일 게임 따윈 “기본 무료”는커녕 “소극적 완전 무료” 게임이 불과했는데.

“미야카와네는 그렇게나 용돈을 잔뜩 주는 거야?”

전부터 조금 신경이 쓰였기에 좋은 기회라며 물어봤다.

“그럴 리가 없는데.”

준도 딱히 감출 정도의 일은 아니었는지 곧바로 가르쳐주었다.

“나, 나이 차이가 많은 오빠가 넷 있거든.”

“그렇게나 많았구나.”

평소의 언동에서 막내라는 것은 예측이 갔지만 나이와 인원수는 처음 들었다.

“그래서 다―들 나는 눈에 넣어도 안 아프대.”

“모조리 시스콘인가.”

“경쟁적으로 용돈을 주거든.”

“모조리 중증인가.”

하아, 그렇구나. 탄식했다.

“솔직히 부러워…….”

누나도 빨리 취직해서 용돈을 주게 되지는 않을까.

마음 편히 10연속 뽑기를 돌릴 수 있게 되지는 않을까.

‘아니…… 현실적이지 않네…….’

남매 사이는 나쁘지 않지만 그렇게까지 귀여워해 주는 누나는 아니었다.

"솔직히 부러워."

두 번 반복할 만큼 부러웠다.

"뭐, 부정하지는 않겠지만 그만큼 시끄럽다고~? 남친 같은 건 절대로 만들지 말라 그러고—."

"허, 허—."

"카이를 우리 집으로 안 부르는 것도 일이 귀찮아질 테니까 그래. 오빠들이 틀림없이 남친이라고 착각할걸. 그래서 카이를 흠씬 두들길 거야."

그런 집에는 놀러가고 싶지 않다.

"아니, 이래저래 납득이 갔어."

준이 카이네 집에 눌러앉아서 이제는 가족들까지 어울리게 된 반면에, 준은 자기 가족들을 전혀 소개해주지 않았으니까 무언가 사정이 있으리라 예상했던 것이다.

"그럼 그거네. 준은 미야카와네 공주님이구나. 어느 정도 상상이 가."

"웃지 말라고?"

"오히려 웃을 수가 없는데. 하지만 준, 그렇게 받들어 주는 거, 마음에 안 드는 건 아니잖아? 준네 오빠라면 다들 잘 생기지 않았어?"

"어— 아니아니! 다들 딱히 멋있진 않은걸!"

준은 침대에 몸을 눕힌 채, 양팔로 X자를 만들며 부정했다.

"정말이야—? 너, 극도의 얼빠니까 말이지—. 기준이 이상하니까 말이지—. 우리 수간호사랑 캐스코를 못 생겼다고 그런 거, 아직 용서 못 하니까 말이지—?"

"어, 양쪽 다 호박이잖아."

"따라 나와라, 준."

"카이야말로 된장국에 얼굴 처박고 오지 그래? 미형이라고 그런다면 누님이나 슈텐 수준은 되어야지."

"아닙니다아. 나이팅게일도 타마모도 아탈란테도 슈텐도지도 전부 귀여워요오."

완전 저차원적인 이야기에 콩트를 주고받는 두 사람.

이윽고 카이는 그것이 공허하다는 것을 깨닫고 평행선을 달리는 이 논의의 끝을 모색하기 시작했다.

한편 준은 어디까지고 이쪽을 몰아붙여야 만족할 모양이라,

"흐—응! 흐—응, 흐—응, 흐—응, 흐—응!"

무언가 묘수가 떠올랐다는 표정을 띠더니,

"그런데 카이 있지—, 어째서 우리 오빠들을 잘 생겼다고 생각한 거야—? '준네 오빠라면 다들 잘 생기지 않았어?'라고 그런 거, 무슨 뜻이야—?"

침대에서 뒹굴뒹굴하며 올려다보는 시선으로 도발했다.

"……이 자식."

"혹시, 나랑 오빠들의 얼굴이 닮았다고 생각했어—? 그건 그러니까, 내가 미인이고, 그러니까 오빠들도 미남이라는 이야기려나—?"

"귀찮네……. 알고 있다면 일일이 묻지 말라고……."

"흐—응, 카이한테 나는 미인이야—?"

또 씨익, 짓궂은 미소를 띠더니 아래쪽에서 들여다보듯이 놀려댔다.

게다가 남의 무릎에 머리를 얹었다.

참으로 기분 좋은 무게감이 자신의 양쪽 무릎에 얹혀서, 카이는 참지 못하고 몸을 크게 젖힐 뻔했다.

여자의 무릎을 베고 눕는 것은 남자의 야망이지만, 설마 여자가 무릎을 베고 눕는 것도 달달한 기분이 들 줄이야!

"그래그래, 내가 졌어—. 졌—습—니—다—. 졌어요, 졌어—."

"후후. 자포자기한 카이도 귀엽다고?"

"예예, 준은 미인입니다. 엄청 미인. 내가 이제까지 본 여자 중에 최고의 미소녀. 세계 제일의 미소녀. 만 년에 하나 나오는 미소녀."

"어? 어? 어?"

"인정할게. 네 얼굴, 엄청 취향이야. 내 스트라이크존 한가운데. 그야말로 이상적인 얼굴."

"어어어어어어어어어?!"

준이 뒤집어진 목소리로 외쳤다.

목덜미에서 들여다보이는 쇄골 부근까지 새빨갛게 물들고, 여유로운 미소는 어디로 가버렸는지. 완전히 굳은 얼굴. 조금 전까지 기세 좋게 몰아붙이던 녀석이 단순히 완전히 뒤로 물러났다.

뭐, 카이의 무릎에 머리를 얹은 상태에서 그래봐야 도망치기는커녕 더더욱 밀착할 뿐이지만.

"——그렇게 말하면, 어떤 기분이야? 지금 어떤 기분이야?"

"노, 놀린 거구나!"

"큭큭큭, 진지하게 받아들인 쪽이 잘못이야."

무릎 위에 머리를 얹은 상태로 도망치려고 해도 도망칠 수 없는, 스스로 함정에 뛰어든 귀여운 짐승을 이번에는 이쪽에서 히죽히죽 내려다볼 차례였다.

"카이 바보!"

준은 마침내 토라져서는 이쪽의 허벅지를 꼬집었지만, 그런 건 전혀 안 아픕니다—!

"후하하 언제까지고 내가 당하는 쪽이라고 생각하지 마라!"

"이제 됐어. 난 삐져서 잘 거야. 여기서 잘 거야. **이대로** 잘 거라고."

"……어?"

"카이가 아무리 지루해도 다리가 저려도 절대로 안 비킬 테니까. 무릎베개 잘 부탁해."

"아니…… 잠깐……."

"쿠울—."

카이의 무릎과 무릎 사이에 얼굴을 파묻은 채로 꿈쩍도 하지 않은 태세를 취하는 준 씨.

어차피 내일은 일요일이고, 뭣하면 자고 가게 해주겠다며 그녀를 어르고 달래느라 카이는 고생하는 신세가 되었다.

——뭐, 하지만.

이런 날도 있고, 그래도 끝나고 보면 역시나 즐거웠다.

준과 함께 보내는 휴일은 각별했다.

설령 레이나가 무슨 소리를 하든지 이 나날을, 친구를 놓을 생각은 카이에게는 전혀 없었다.

그 마음을 새로이 했다.

◇◆◇

하지만 이 세상은 마음대로 되지는 않는 것이다.

다음 주 학교. 점심시간.

카이와 레이나의 의도를 제쳐놓고 깜짝 놀랄 사태가 발발했다.

"어라—, 애시 군도 학생식당—? 그럼 모모코랑 가자—☆"

그러면서 완전 짜증 모모코가 복도로 나가던 카이 옆까지 다가온 것이었다.

무심코 빤히 쳐다보고 말았다.

"혼자서 밥 먹는 것보다는—, 애시 군이라도 있는 편이 그나마 낫잖아—? 게다가 뭐—, 가끔은 베풀고 싶은 기·분, 같이 말이지—? 애시 군도 모모코랑 점심이라니, 눈물이 나올 만큼 기쁘잖아—? 꺄하☆ 모모코 진짜 여신이잖아—☆"

정말로 짜증나는데, 이 녀석.

태연하게 지껄이는 모모코를 상대로 카이는 아연실색했다.

한편으로 주위에서는 소란이 벌어졌다. 순식간에 학급이 술렁였다.

잘 나가는 여자 그룹에서도 넘버 3 격인 모모코가, 게다가 남자한테 전혀 달라붙지 않던 녀석이 어째서 반에서도 중간의 중간같이 수수한 오타쿠랑 같이 가나. 신기하게 여겨도 어쩔 수 없었다.

——그런 분위기가 교실 안에 널리 퍼졌다.

다들 조심스러워하는 기색이기는 하지만 호기심을 참을 수가 없는 모양이었다.

우두커니 선 카이와 빨리 가자고 재촉하는 모모코를 흘끗흘끗 엿보고 있었다.

그 밖에, 흘려들을 수는 없다고 분노하는 그룹도 있었다.

레이나——가 아니었다.

마츠다, 타케다, 우메다, 후쿠다의 남자 카스트 상위 사인조였다.

운 나쁘게도 준이나 레이나의 그룹한테 같이 도시락을 먹자고 권유했다가 매정하게 퇴짜를 맞은 참이었다.

'어째서 저런 오타쿠한테 권유하는 건데.'

'우리조차, 모모코가 상대해 준 적은 한 번도 없는데—.'

'웃기지 말라고, 멍청이가.'

'죽여버린다?'

카이를 노려보는 녀석들의 눈빛이 명확하게 그리 말하고 있었다.

하지만 그쪽은 못 알아차린 척을 하고(무서워!)—— 모모코에게 말했다.

"미안해, 싫어."
"허?"

모모코는 설마 거절당하리라고는 생각하지 않았나보다.
치사할 만큼 동그란 눈을 여봐란 듯이 크게 떴다.
그러는가 싶더니, 분노로 날카로워진 눈꼬리를 애써 억누르느라 꿈틀꿈틀 경련하는, 웃긴 표정을 띠고서,
"저, 저기—? 누구를 거절했는지, 애시 군, 제, 제대로 알고는 있어—?"
"미하라잖아?"
"모모코라고—?! 학교에서 가장 귀여운 모모코라고—?! 애시 군 같은 아싸가 이 찬스를 놓치면 평생 돌아오지 않는다고—?!"
"아니, 그래도 딱히 상관없는데……."
카이는 딱 잘라서 말했다.
모모코는 눈을 희번덕거렸지만 상관없었다.
전날, 레이나한테 지독한 소리를 잔뜩 들었지만 허나 단 하나 배운 것이 있다.
그 여왕님은 훌륭한 말을 했다.

아무리 제멋대로 굴어도 의연하게 거절해라.
규칙을 따르지 않겠다면 처음부터 안으로 들어오지 마라.
그것도 하나의 어엿한 입장이다.

——그렇게 말했다.

카이는 모모코가 거북하고, LINE에서 험담을 들었다는 사실도 잊지 않았고, 단둘이서 학생식당에 가다니 그저 마음고생일 뿐이다.

그러니까 처음부터 거절한다. 의연하게.

"죽어버려☆"

분노한 모모코가 정강이를 걷어차려고 했다.

카이는 슥 피했다.

"어째서 피하는 거야—?!"

"그야 피해야지. 아픈 건 싫어."

"지금은 맞으라고—☆"

"싫어. 무슨 만화도 아니고."

"완전 짜증 애시 군 바보바보, 진짜 싫어—☆"

완성도 낮은 소꿉친구 히로인 같은 마지막 말을 내뱉고 모모코는 화가 나서 울먹이며 도망쳤다.

"완전 짜증 나는 게 누군데……."

카이는 우두커니 서서 투덜거렸다.

계절에 어긋나는 태풍 모모코 1호가 지나간 뒤에 복도로 나섰다.

그러자 이번에는 옆 반의 놋치와 맞닥뜨렸다.

아사고 여자 배구부가 자랑하는 에이스 스파이커님이었다. 나란히 서자 늘씬한 키를 알 수 있었다.

그리고 또 깜짝!

그녀도 학생식당에 같이 가자고 권유했다.

모모코와 달리 나쁜 감정은 없었다.(가슴 크기는 상관없다.)

다만 준이 없이 단둘이라면 허들이 높았다. 주눅이 들었다.

"어, 아니, 나는——."

"결정이네! 그럼 가자!"

놋치는 지극히 자연스럽게 카이의 손을 붙잡고 체육계 파워로 꾹꾹 잡아당겼다.

'하하하, 뭐가 의연하게 거절하는 거야…….'

다른 사람에게 휩쓸리지 않는 것은 어렵다. 하루아침에 할 수 있는 일이 아니었다. 카이는 그리 쓴웃음 지었다.

단둘이서 대화를 할 수 있을지 걱정되었다.

"애시는 만화를 잘 아는 사람이지?"

"어, 어떨까. 그럭저럭일까."

놋치가 예상 밖의 화제를 건네어 순간적으로 방어선을 쳤다. 실제로 "00년대의 여성 만화 변천에 대해서 생각하는 바를 논하라(100자 이내)" 같은 마니악한 질문을 받았을 때에 대답할 자신은 없었다.

"요즘 히노마루 스모 굉장하지 않아? 그리고 내 주위에는 아직 거의 안 읽지만, 최근에는 주술회전이라는 녀석에 빠져서——."

'주간 소년점프 이야기냐!'

가장 메이저한 녀석이지만 마음속으로 성대하게 딴죽을 걸었다.

그리고 주술회전은 다들 마크하고 있으니까, 더 이상 그런 딴죽이 따라가질 못했다.

뭐, 하지만── 이런 화제는 카이가 좋아하는 것이었다.

"『히노마루』를 좋아하면, 인터넷에 올라온 진오우 얘기 알아? 『우공못』에 나오는 우루카 좋아한다는 거."

"어, 그거 뭐야. 링크 보내줘."

스마트폰을 꺼내어 지극히 당연하게 LINE 친구 등록을 재촉하는 놋치에게서 인싸가 인싸인 이유를 볼 수 있었다.

그녀의 페이스에 휘둘리고 파워에 압도당하면서도, 만화 토크는 예상 밖으로 분위기를 탔다.

역시 점프는 남녀노소 음양을 가리지 않는 공통 언어라고, 일종의 감동과 함께 재인식하게 되었다.

그래서 깨닫지 못했다.

교실 안에서 마츠다 일당이 계속 카이를 노려보고 있던 것을.

적의와 살기로 가득한 눈빛을 쏘고 있던 것을.

오후 첫 수업은 체육이었다.

4월에는 체력 측정도 겸하는 육상 경기만 계속했다. 2학년이 되어서도 마찬가지였다.

카이는 그다지 운동 신경이 좋지 않았다. 스스로 최~대한 잘 봐줘도 중의 하 정도일까.

다리도 느렸다.

액션 게임 부류는 특기이니 반사 신경도 나쁘지 않을 터이지만, 자신의 온몸을 움직이려고 하면 도저히 이미지처럼 되지 않았다.

"——나, 어쩌면 키리토 씨일지도 모르겠네."

이전에 준한테 멋 부려서 말한 적이 있었다.

하지만 여느 때처럼 『SAO(소드 아트 온라인)』의 원작 소설을 읽지 않은 그녀는 "이 녀석 무슨 소리를 하는지 모르겠다"라는 표정만 드러낼 뿐이었다. 애니메이션파에게는 전해지지 않는가, 이 뉘앙스…….

한편 반대로 최근에 체력이 붙었다는 반응은 확실하게 있었다.

'역시 Fit Boxing, 한 달에 만 번을 때리는 남자는 다르구나, 크크크.'

마음속으로 자화자찬하는 카이.

누군가에게 자랑하면 어이없어할 테니까 마음속에 담아뒀다.

수업이 끝나고 모두 같이 남자 탈의실로 우르르 들어갔다.

체육관 옆에 있는, 작지만 독립된 별도의 건물. 안에는 번쩍번쩍한 로커가 늘어서 있고, 청소는 항상 구석구석까지 되고 있었다. 일반적인 냄새나고 더러운 이미지는 전무. 역시나 운동부에도 힘을 싣는 사립학교였다.

"나카무라…… 너 말이야, 언제부터 놋치하고도 친해졌어? 어어?"

"자자, 키시모토. 그렇게 양아치처럼 노려볼 것까지야."

"사토는 잠자코 있어! 어째서 너만 인기냐고, 나카무라?!"

"아니, 오해야. 준을 통해서 우연히 알게 되었을 뿐이야."

"그게! 차고 넘칠 만큼 부럽다고, 멍청이가! 나도 소개해 줘!"

"다음에, 준한테 이야기해 둘게. …………………………이야기만 말이지. (소곤소곤)"

"나카무라── 넌 신이냐."

그런 쓸데없는 잡담을 나누며 카이는 키시모토, 사토와 나란히 옷을 갈아입었다.

등 뒤에서 들이닥치는 경이로운 일 따윈 깨닫지도 못했다.

갑자기──.

그렇다, 갑자기.

카이는 뒤통수에 둔하고 무거운 충격을 받았다.

앞으로 고꾸라지며 이마를 로커에 부딪쳤다.

"아파…… 무슨……."

무슨 일인가 돌아보고, 주위를 둘러보고, 그리고 등 뒤에서 농구공을 던졌다는 것을 뒤늦게 깨달았다.

"미안하네, 오타쿠. 손이 미끄러졌어."

창가에 모여 있던 마츠다 일당이 실실 웃으며 입으로만 사죄했다.

싸구려 도발이었다.

하지만 키시모토와 사토가 곧바로 쫄았다.

변변히 싸워본 적도 없는, 요즘 학생이다. 카이도 그랬다.

'해볼 테냐, 마츠다? 나는 한 달에 만 번을 때리는 남자라고?'

마음속으로 그리 허세를 부려도 몸은 움츠러들었다.

반대로 마츠다 일당은 약한 사람을 상대로 때리고 차는 것은 그야말로 특기이리라.

"다른 녀석들은 가도 돼."

"우리가 용건이 있는 건 거기 짜증나는 오타쿠뿐이라고."

에워싼 타케다와 우메다가 천박한 미소를 띠고, 자못 친절한 낯짝으로 다른 남자들에게 명령했다.

여전히 한자도 못 읽을 것 같은(편견) 머리 나쁜 말투였다.

하지만 그것으로 다른 남자들은 총총히 옷을 갈아입고 탈의실을 나갔다.

포위당하지 않도록, 반의 상위 카스트 그룹에게 눈총을 당하지 않도록, 카이 일행을 두고 자기 보신에 급급했다.

그것을 박정하다고는 생각하지 않았다.

그리고 남은 것은 카이와 키시모토, 사토뿐.

마치 뱀 앞에 나선 개구리처럼, 마츠다 일당에게서 느껴지는 폭력의 기척을 마주했다.

"수업 마치고, 따라와라. 나카무라."

마츠다가 이의를 허락지 않겠다는 말투로 명령했다.

"안 오면 어떻게 될지, 알겠지?"

"니들이 한꺼번에 학교 관둘 때까지 괴롭혀 줄게."

"친구들까지 말려들게 만들지는 않겠지? 나카무라?"
에워싼 세 사람이 일제히 낄낄 웃었다.
오만하면서도 추악한 그 태도를, 카이는 숨을 삼키며 응시했다.
이마에 식은땀이 그치질 않았다.

어째서 이런 일이 되어버렸을까.
아는 것은 단 하나.
카이에게 거부권은 없다. 키시모토와 사토를 말려들게 만들 수는 없다.
그것뿐이었다——.

아사기 고등학교의 체육관 뒤는 어쨌든 인기척이 없는 장소다.

조금 화려하게 저지르더라도 교사든 누구든 못 알아차린다.

그것은 도움을 요청해도 헛수고라는 의미였다.

이미 봄인데도 오늘은 바람이 차가워서 한산한 분위기를 더더욱 의식하게 만들었다.

'실제로 나도 이런 곳에, 용건도 없이 오지는 않는걸.'

체육관의 중간층에 있는 창문에서 레이나는 홀로 냉담하게 그 자리를 내려다보고 있었다.

시선 끝에는 마츠다가 있었다.

레이나가 숨어 있는 이곳 중간층으로 이어지는 입구.

그 옆에 홀로 서 있었다.

바지 주머니에 손을 찔러 넣고 싱글싱글 입가에 웃음을 머금고서, 그리고 기다리던 사람을 맞이했다.

물론 그 상대란 카이였다.

레이나로서는 인정할 수 없는 친구의 애인.

긴장을 숨기지 못하는 표정으로, 벌벌 떨면서 체육관 뒤에 나타났다.

"여, 오타쿠. 잘도 안 튀고 혼자 왔네."

마츠다가 거만한 말투로 그리 말했다.

그 점에서는 레이나도 완전히 동의했다. 카이는 의외의 배짱을 보여주었다고 생각했다.

마츠다가 미소를 더더욱 기분 나쁘게 일그러뜨렸다.

"그것만큼은 칭찬해 주지, 오타쿠. 자, **포상**이다."

무슨 소리를 하는지 카이는 한순간 이해하지 못했을 것이다.

하지만 금세, 싫어도 이해하게 될 것이다.

위에서 대량의 물을 뿌린 것이었다.

온몸에서 물을 뚝뚝 흘리면서, 카이는 완전히 정신이 나간 모양.

그리고 그곳으로——.

"갸————————하하하하하하!"

"저 낯짝 좀 봐라!"

"야, 오타쿠— 수영장 열려면 아직 멀었다고—."

"꼬라지! 완전 개판이네!"

그렇게 성대한 비웃음이 쏟아졌다.

마츠다 하나만이 아니었다.

중간에 꺾이는 방식으로 되어 있는 계단의 층계참——체육관 안의 중간층에 있는 레이나를 기준으로 하면 바로 아래——에 타케다, 우메다, 후쿠다가 있었다.

양동이에 물을 한가득 담아서, 카이가 바로 밑으로 올 때까지 몸을 숨기고 있던 것이다.

참으로 어린애 같은, 저열한 괴롭힘이었다.

"우리 환영, 마음에 들었나, 오타쿠?"

"당연히 기뻐해 주겠지?"

"우리는 같은 반 친구니까 말이지?"

“그래그래, 사실은 우리도 오타쿠거든. 야겜! 로리콘! 레이프! 좋아——할 리가 없잖아, 갸하하하하하.”

마츠다 일당의 악의로 가득한, 그리고 문화 정도가 빤한 그 말에 레이나는 강렬한 혐오감을 느꼈다.

하지만 어쩔 수 없다. 이번 일은 지켜봐야만 한다.

“나카무라…… 너, 기분 나쁜 오타쿠 주제에 빼긴다고.”

그래서 이런 꼴을 당하는 거라는, 마츠다의 말.

“……전부터 생각했는데, 말은 정확하게 써야지. 내가 기분 나쁜 거야? 오타쿠 그 자체가 기분 나쁘다는 거야? 혹시 오타쿠가 그렇다는 소리라면, 정정해.”

카이는 흠뻑 젖은 상태에서도 억누른 목소리로 반론했다.

의외로 마음이 꺾이지 않았다.

“그런 게 건방지고 기분 나쁘다는 거야!”

“……내가 건방지고 기분 나쁘니까 마음에 안 드는 거야?”

“그래. 너, 오타쿠 주제에 준이랑 사귄다고? 게다가 오늘은 뭐야? 모모코에 미즈노까지 들러붙어서!”

미즈노란 놋치의 본명이다.

“이상하잖아? 우리도 그 녀석들한테 퇴짜를 맞는데, 어째서 너 같은 아싸가 인기 있냐고! 야겜처럼 무슨 더러운 약점이라도 잡았냐?! 어어?!”

‘시시해. 끝도 없이 머리 나쁜 녀석이네.’

“……끝도 없이 머리 나쁜 녀석이구나.”

카이와 감상이 겹쳐서 레이나는 짜증을 느꼈다. 불쾌한 마츠다 잘못이라고 마음속으로 화풀이했다.

그런 마츠다도, 레이나보다 훨씬 짜증이 솟구쳤는지 거칠게,

"거슬린다고, 오타쿠 새끼가!"

"……그럼 어쩌라는 거야? 설마 학교를 그만두라는 소리라도 할 거야?"

"딱히 그건 상관없는데."

마츠다는 상상력이 없는 멍청이 특유의, 생각 없는 대사를 태연하게 내뱉더니――.

"알잖아? 준이랑 헤어져."

두 눈을 추켜세운 무시무시한 형상으로, 명령했다.

누군지는 모르겠지만 마치 그것으로 좀 참아달라는 듯이 지껄여댔다.

아마도 카이에게는 도저히 흘려들을 수 없는 말을.

하지만―― 레이나로서는 **기대하던 그대로**인 말을.

"나랑 준은 사귀는 게 아니야!"

역시나 카이는 크게 화를 냈다.

"아무래도 상관없어, 절대로 다가가지 말라는 거야. 준한테도. 레이나 그룹한테도. 주제를 알라고, 오타쿠 새끼야!"

"거절한다!"

카이는 딱 잘라서 단언했다.

의연한 태도라 평할 수 있었다.

하지만 그 순간── 마츠다의 주먹이 카이의 복부에 틀어박혔다.

"크…… 허억……?"

한심한 비명이, 폐의 내용물을 짜내듯이 새어나왔다.

마츠다는 사람을 때리는 것이 익숙했다. 카이는 도저히 피할 수 없었을 것이다.

우스울 정도로 몸을 기역자로 구부렸다.

충격으로 몸이 마음대로 움직이질 않나? 더 이상 서 있을 수가 없나? 땅바닥에 사지를 대고 웅크린 카이.

호흡도 제대로 쉴 수 없는 모양이었다. 괴로워하며 헐떡였다.

"니 분수, 이제 좀 알겠어?"

마츠다가 카이를 내려다보며 비웃었다.

"우효—, 아아아아아프겠네~~~."

"마츠다 펀치는 진짜 쩐단 말이지—."

"오타쿠, 괜찮아—? 살아있어—? 그럴 리가 없나, 갸하핫."

마츠다의 금붕어 똥 같은 녀석들이 층계참에서 성대한 갈채.

쏟아지는 그 조롱을 등으로 받으면서도 카이는 아직 웅크리고 있었다.

'정말로 한심한 남자네.'

레이나는 마음속으로 내뱉었다.

하지만 뭐, **보통은** 이런 법이리라. 직접적인 폭력에 저항하는 것은 어려운 일이리라.

카이가 준과 사귀고 있지만 않는다면 새삼스럽게 모멸할 정도의 일은 아니었다. 애당초 처음부터 시야에 들어오지도 않았다.
'하지만 말이지, 평범한 남자는 준한테 안 어울리거든.'
레이나는 냉담하게, 냉혹하게, 냉철하게 창문에서 카이를 내려다봤다.

카이가 체육관 뒤로 불려나간다는 사실을 레이나가 알게 된 것은 수업이 끝난 뒤였다.
마츠다 일당에게 협박당하고 입막음을 당했을 텐데, 키시모토와 사토가 친구를 위해 용기를 짜내서 몰래 상담하러 온 것이었다.
"선생님이 아니라 나한테 부탁한 건 좋은 판단이네?"
레이나는 진심으로 그들을 칭찬하고 치하했다.
괴롭힘, 공갈, 폭력—— 이런 문제에 대해서 교사는 솔직한 이야기로 그다지 걸맞지 않다.
보고도 못 본 척을 하거나, 엉뚱한 해결수단으로 나서거나, 끝내는 아무것도 해결되지 않고 그저 가해자가 빡쳐서 괴롭힘이 심화되거나, 기타 등등.
굳이 뉴스로 알아볼 것까지도 없다. 많은 교사들이 가진 본질적인 무책임함, 그것은 학생이라면 누구라도 몸으로 이해하고 있을 것이다.
눈에는 눈을, 이에는 이를, 학생 사이의 문제에는 학생을. 학년 카스트의 정점에 선 여왕이 훨씬 의지가 된다는 그들의 판단은 더없이 옳았다.

'다만, 정말 미안하게 됐네? 나부터가 나카무라 군한테 원한이 있거든.'

다른 누군가가 이런 상황이었다면 제대로 행동해서 마츠다의 소행을 막아줄 수도 있었을 것이다.

하지만 레이나는 방관하기로 했다.

"뒷일은 나한테 맡겨줄래?"

그렇게 거짓말을 해서 그들을 안심시키고, 카이를 그냥 내버려두기로 했다.

준이나 다른 아이들이랑 쇼핑을 가기로 약속했지만 그것도 급한 용건이 생겼다며 거절하고 모두를 학교에서 내보낸 뒤에, 레이나는 체육관 뒤를 몰래 감시할 수 있는 이곳에 아무한테도 말하지 않고 틀어박혔다.

정말로 때마침 잘 된 일이었다.

마츠다가 폭력을 배경으로 카이한테서 이별 이야기를 끌어낼 것을 기대하고.

그것으로 카이가 완전히 겁을 먹고 준과의 교제에 염증을 느끼기를 기대하고.

실제로 여기까지, 레이나가 기대했던 그대로의 전개였다.

"아픈 건 이제 싫겠지, 나카무라 군?"

레이나는 얼어붙은 여왕처럼 독백했다.

중간층의 창문에서 카이를 흘겨봤다.

빨리 마츠다한테 굴복하라고.

헤어지겠다 말하라고.

그러면 도움을 불러줄 테니까.

그리하여——
웅크렸던 카이의 팔다리에 힘이 확 실렸다.
휘청휘청, 하지만 의연하게 그는 일어섰다.
마츠다의 눈을 똑바로, 노려봤다.
눈물이 흐르지만, 뜨거운 눈빛으로!
"몸으로 이해했을 테지? 두 번 다시 준한테 접근하지 말라고?"
그렇게 비웃는 마츠다에게,
"거절한다!!"
단호하게 말한 것이었다.

그런 카이의 모습에 레이나가—— 얼어붙은 여왕이 깜짝 놀랐다.

이런 한심한 남자, 두 번 다시 일어설 수 없으리라 생각했는데.
폭력 앞에 굴복해서 마츠다에게 알랑거릴 거라 생각했는데.
정말로 예상 밖.
"폼 잡지 말라고, 오타쿠 새끼가!"
마츠다가 다시 한번 때리고, 카이가 쓰러졌다.
"거절한다!"
하지만 카이는 다시 한번 일어섰다.
더욱 지근거리에서, 마츠다를 째려봤다.

"까불지 말라고, 아싸!"

"거절한다!"

맞는다. 쓰러진다. 하지만 일어선다. 노려본다.

"그렇게나 뒈지고 싶으면, 처죽여줄까?!"

"거절한다!"

맞는다. 쓰러진다. 하지만 일어선다. 노려본다.

"너 같은 잔챙이가 걔들한테 얼쩡거리지 말라고!"

"거절한다……!"

맞는다. 쓰러진다. 하지만 일어선다. 노려본다.

"자, 작작 좀 해라, 이 새끼야! 기분 나쁘다고!!"

"거절, 한……다……!"

맞는다. 쓰러진다. 하지만 일어선다. 노려본다.

몇 번이고 카이는 일어섰다.

어째서 그렇게까지 하는 것인가. 할 수 있는 것인가.

게다가 그런 근성과 용기가 있다면 자기도 때리면 될 것을, 결코 그렇게는 하지 않는다.

'왜?'

레이나는 중간층 창문에서 잡아먹을 듯이 카이를 응시했다.

"왜……."

마츠다와 감상이 겹쳤다.

하지만 레이나는 그런 불쾌함에 신경 쓰지 않았다.

카이의 모습에서 눈을 뗄 수가 없었다.

싸늘하게 식었을 터인 손에 땀이 배었다.

"우리 오타쿠는 평화주의자야! 너희 같은, 상상력이 부족한 쓰레기하고는 달라! 사람을 때리는 게 어떤 것인지 잘 아니까 판별할 수 있는 거야!"

목청껏 카이가 소리쳤다.

그 박력에 마츠다가 당황했다.

"준이랑 같이 있는 건 나야! 있고 싶은 것도 나야! **정하는 건 네가 아니야**! 나야!!"

목청껏 카이가 외쳤다.

꿰뚫린 것처럼, 레이나는 그 자리에서 휘청거렸다.

카이는 더 이상 아무 말도 하지 않았다.

그저 귀기서린 표정으로 마츠다를 계속 노려볼 뿐.

마츠다는 더 이상 아무 말도 할 수 없었다.

그저 주먹을 들어 올린 자세로 굳어서는 몸을 떨 뿐.

카이의 기백 앞에서 마츠다는 완전히 압도당하여 삼켜졌다.

그렇다——.

마츠다는 같은 반 남자들 대부분이 마음속으로 두려워하는 상대인데.

반면에 카이는 반에서도 수수하고 눈에 띄지 않는 존재인데.

이 모습이라면 이미 카이 쪽이 이긴 것이나 마찬가지 아닌가.

게다가 결코 폭력을 사용하지 않고, 그저 강한 마음만으로.

혹은 **준을 향한**, **강한 마음**만으로.

중간층 창가에서 레이나는 무심코 탄식했다.

"설마 이런 일이 될 줄이야……."

기대가 완전히 배신당했다.

그럼에도 불구하고 가슴이 뜨거웠다.

흥분으로 몸이 조용히 떨렸다.

가만히, 계속 카이의 옆얼굴을 바라봤다.

잔뜩 얻어맞고 여기저기 부은 그의 얼굴은 못나게 변형되었다.

입가는 코피 범벅이었다.

그런데도 이렇게나 용맹하고, 무엇보다 늠름하다!

레이나의 눈에는 더할 나위 없이 그렇게 비치는 것이었다.

"뭐 하는 거야, 마츠다!"

타케다의 그 질타를 듣고 레이나 쪽이 정신을 차렸다.

"이 자식, 흠씬 패버리자고."

"자, 죽었어―. 오타쿠, 죽―었―다―고―."

금붕어 똥들이 입구에서 뛰쳐나와 가세했다.

그것으로 굳어 있던 마츠다도 위세를 되찾았다.

비열한 사 대 일. 카이를 둘러싸고서 때리고 차는 뭇매.

카이는 그럼에도 일어서려고 했지만 더는 물리적으로 불가능했다. 서는 것보다도 넷이서 때리고 차서 쓰러뜨리는 쪽이 빨랐다.

이제는 그저 노려볼 수밖에 없었다.

"……기다려. 조금만 더 견뎌."

레이나는 충동에 떠밀리듯이 그 자리를 벗어나서 달려갔다.
도움을 청하러 뛰어갔다.
"아아, 정말이지! 나, 달리는 거 싫은데."
항상 우아한 행동거지를 신조로 하는 자신이 누군가를 위해서 달리다니, 언제 이후로 처음일까.
혀를 차고 싶은 기분을 억누르고, 레이나는 정신없이 계속 달렸다.

◇◆◇

폭력의 폭풍, 그 소용돌이 안에 카이는 있었다.
"준이랑 헤어지겠다고 말해!"
"걔들한테 두 번 다시 다가가지 않겠다고 맹세해!"
"확실하게 녹음해 줄 테니까!"
"정말로 죽는다고—? 죽—는—다—고—?"
한 번 때리고 한 번 찰 때마다 협박했다.
그런 폭력의 파도에 희롱당하며 카이는 마음속으로 비웃었다.
'말로만 하지 말고 빨리 죽여. 죽여 보라고. 할 수 있다면.'
코피범벅인 얼굴로 입가를 끌어올리고 비아냥대듯이 뺨을 일그러뜨렸다.
"거절한다!"
외쳤다.
얻어맞아서 몸을 웅크린 채로.

아무리 꼴사나워도, 약해도.

하지만 폭력에도, 협박에도 굴하지 않고.

"거절한다!!"

외친, 그 목소리가——.

마치 **어딘가에 닿은** 것처럼——.

"거기 2학년, 뭘 하는 거야?!"

도움의 손길이 나타났다.

달려오는 소리가 들렸다.

카이는 부어오른 눈꺼풀 틈새로 어떻게든 그쪽으로 시선을 향했다.

교사였다.

순정만화에서 튀어나온 것 같은 수려한 외모의, 신임인데도 명물 교사.

프린스 선생님이었다.

그리고 그의 뒤에는—— 드물게도 생생한 감정을 훤히 드러낸 레이나의, 울음을 참는 얼굴.

"크, 큰일이야, 마츠다."

"튀자."

"젠장, 레이나냐? 레이나가 꼰질렀냐?"

범행 현장을 교사에게 들키고 다른 일당들이 명백하게 동요했다.

“시끄러! 이제 와서 물러날까보냐!”

마츠다만이 달랐다.

자신의 폭력에 취해 흥분. 이성을 잃어, 눈에 핏발까지 세우고는―― 세상에나, 교사에게 덤벼들었다.

하지만, 거기까지.

“싸울 상대를 그르치지 말라고, 이제껏 배우지 않았나?”

프린스 선생님은 마츠다의 주먹을 너무도 간단하게 오른손으로 받아냈다.

갸름하고 부드러운 인상의 남자로는 여겨지지 않는 당당한 행동이었다.

마츠다 따위보다 아득히 싸움에 익숙한 것처럼 보였다.

“게엑…….”

그리고 마츠다도 머리가 식었다.

프린스 선생님은 사납게 웃었다.

“그래도 싸움을 건다면 응해주겠다만? 일 대 일이든. 사 대 일이든. 남자와 남자의 싸움이야, 일러바치는 촌스러운 짓은 안 해. 안심하고 덤벼라.”

“아, 아니, 그건…….”

예상치 못한 교사의 도발에, 하지만 마츠다는 머뭇거렸다.

카이를 때리던 때의 위세는 이미 자취를 감추었다.

“덤비지 않는다면, 이건 그저 폭력 사건이야. 학교에 보고하도록 하겠어. 알겠지?”

"어. 아니. 하지만——."

"알겠지?!"

큰소리로 꾸짖는 프린스 선생님.

마츠다 일당은 그 자리에서 풀썩, 무릎을 꿇었다. 어깨를 떨어뜨리며 의기소침했다.

'수준이 달라.'

교사니 학생이니, 그런 것은 관계없었다.

마츠다 일당을 흘겨보는 프린스 선생님의 엄한 얼굴을 보고 카이는 그리 생각했다.

그 후로 곧바로 프린스 선생님은 병원으로 데려다주었다.

"담임 선생님께는 나중에 보고해 둘게. 타. 사양 말고."

그러면서 학교 주차장에 세워져 있던 스즈키 스위프트 스포츠 조수석을 권유했다.

타케다 일당이 물을 뿌린 탓에 교복이 아직 축축했지만 그것 때문에 시트가 젖어버려도 프린스 선생님은 신경 쓰지 않았다. 소문 그대로 형님 기질이었다.

이동 중, 카이는 백미러 거울로 자기 얼굴을 확인하고는 몇 번이고 웃을 뻔했다.

유령처럼 부어오른 눈꺼풀.

칠복신 에비스처럼 부어오른 두 뺨.

입 주위는 마른 코피로 질척질척했다.

자기 얼굴인데도——아니면 자기 얼굴이라서 그런가?——엉망인 그 모습이 묘하게 우스워서 메마른 웃음을 흘리려다가, 하지만 웃을 체력도 없었다.

"잘 버텼구나."

프린스 선생님이 앞을 보고 운전대를 붙잡은 채로 툭하니 말했다.

"게다가, 너도 때리지 않았던 것도 잘했어."

"……겁쟁이라서요. 저."

"정말로 겁쟁이였다면 그 녀석들한테 울며 사죄했지. 말대답하지는 않아."

"……Fit Boxing으로, 한 달에 만 번을 때리는 남자라서요. 제 주먹은 흉기라서."

"하하하!"

프린스 선생님은 쾌활하게 웃었다. 카이의 농담을 받아주었다.

그리고,

"맞았다고 자기도 때리는 것만이 남자의 자존심을 지키는 방법은 아니거든. 자기까지 머리 나쁜 녀석들의 레벨로 떨어지는 건 싫겠지. 나도 알겠어."

진지한 말투로, 구린 대사를, 정말 진지하게 말했다.

'……이 선생님이 남자한테도 인기가 있는 이유, 알 것 같아.'

그런 구린 대사가 카이에게는 기뻤다.

사정 설명 따윈 아직 한마디도 안 했는데 전부 이해해 준 것이 기뻤다.

운전하느라 앞만 보고 있어주는 것이 기뻤다.
그만 눈물이 글썽거려도 창피를 당하지 않고 그쳤다.

병원에 도착해서 가볍게 치료를 받은 뒤, 후유증이 없는지 검사도 받았다.

그 결과——.

"집으로 돌아가서, 혹시 모르니까 내일까지 안정. 일단은 없을 거라 생각하지만, 혹시 두통이나 구역질이 있다면 바로 또 오고. 그때는 구급차를 불러도 OK."

의사의 그 말과 함께 맥없이 풀려났다.

다시 말해 자택에서 경과 관찰.

완전히 입원까지 각오했던 카이는 맥이 빠졌다.

만화 같은 곳에서 자주 나오는, "머리(특히 이마)에서 출혈은 화려"라든지 "얼굴은 금방 부어서 아프게 보인다"든지 "하지만 겉보기만큼 대미지는 없다"라든지, 그런 이야기들이 사실이었음을 몸으로 알게 되었다.

그만큼 무서운 경험을 하고, 그만큼 아픈 꼴을 당하고—— 하지만 실제로는, 의사의 눈에는, 객관적인 사실로서는 큰 부상은 아니었다는 결말이었다.

"어, 음……."

석연치 않은 기분으로 스위프트 스포츠 조수석에 탔다.

이것도 플라시보라는 녀석인가? 큰일이 아니라는 사실을 알았더니 몸 여기저기의 통증 역시도 점점 신경이 쓰이지 않게 되었다.

"이렇게 말하면 뭣하지만, 솔직히 맥 빠지지?"

운전석에서 프린스 선생님이 쓴웃음을 띠었다.

치료와 검사가 진행되는 동안에도 계속 함께해 주고, 지금은 집까지 차로 바래다주는 중이었다.

"뭐, 요즘 허세 부리는 고등학생 따윈 그 정도라는 거야. 혼자서는 불안하니까 친구를 모으고, 게다가 약해 보이는 상대를 골라서 저항도 못하는 상태에서 치고 때리는 게 고작. 진정한 싸움 따윈 한 적도 없거든. 때리는 방법 하나도 변변치 않아."

"……선생님이 학생이었을 때는, 좀 더 장난이 아니었나요?"

"지금보다는 그렇겠지. 하지만 내가 학생이었을 무렵에도, 당시의 선생님이 그랬어. '요즘 허세 부리는 애송이 따윈 대단치도 않다'라고."

"그 무슨 인외마경이었습까. 선생님의 선생님 시대는."

이것은 우스갯소리인지 어떤지, 카이는 판단하기 곤란했다.

시간으로 따지면 2, 30년 정도 전의 이야기인가? 아니면 40년 전? 당연히 카이가 태어나기도 전의 시대니까 도저히 상상도 가지 않았다.

"옛날에 『비 밥 하이스쿨』이라는 만화가 있었거든. 불량배가 싸움으로 날을 지새우는 이야기였는데, 믿기 어렵지만 『진격의 거인』이 나타날 때까지는 계속 이 녀석이 코단샤의 최고 초판부수 기록을 가지고 있었대. 만화가 지금만큼 메이저 컬처도 아니었던 시대에, 괴물처럼 팔렸다는 거지."

"호오오오!"

"『점프』의 『비바 블루스』도 굉장했지. 일본 전국 방방곡곡, 어느 학교에도 불량배가 **딱 버티고 있어서** 누가 강한지 약한지 다투고, 싸움으로 날을 지새우고, 가장 강한 녀석이 가장 멋있다. 동경하게 되거든. 그러니 만화 소재로도 사용되고, 팔린다――그런 시대가 있었던 거야. 그야 우리 헤이세이 출생자가 본다면 인외마경이겠지."

"하하하……."

쇼와에 태어나지 않아서 다행이라며 굳은 미소를 띠는 카이.

그건 그렇고 프린스 선생님은 무슨 이야기를 하고 싶은 걸까?

예시가 재미있어서 흥미 깊게 들었지만 영 핵심이 잡히지 않는다고 할까, 진의가 보이지 않았다.

속으로 고개를 갸웃거리는데,

"요컨대 말이야――."

프린스 선생님은 말했다.

운전 때문에 계속 앞을 보면서.

오른손은 운전대를 붙잡은 채로.

기어봉에서 뗀 왼손을 카이의 머리로 뻗고, 덥석 얹고.

"――또 오늘 같은 일이 있다면 바로 날 불러. 학생들끼리 해결하는 것보다는 의지가 된다. 그렇게 생각하거든!"

그러면서 쾌활하게 웃는 프린스 선생님의 손은 생각했던 것보다도 컸다. 팔은 억셌다.

갸름하고 부드러운 남자로 보여도 역시나 어른인 것이었다.

그리고 프린스 선생님이 말하고 싶은 것도 알 수 있었다.

마츠다나 그의 일당들── 요즘 시대의 애송이 따윈 전혀 무섭지 않으니까.

그 녀석들이 또 시비를 건다면 막아줄 테니까. 또 몸을 던져줄 테니까.

절대로 보고도 못 본 척하지는 않으니까.

그렇게 말해주는 것이었다.

'이 선생님이 국어 시험 문제를 만든다면 분명 엉망이겠는데.'

사회과 담당이라 다행이었다. 그런 생각을 하며, 상처의 통증도 잊고서 미소를 띠고 마는 카이.

"고마워요. 그때는 부탁할게요."

"그래."

프린스 선생님의 손이 떨어졌다.

그리고는 집으로 돌아올 때까지의 짧은 시간, 최근 3대 주간 소년지의 화제로 신나게 대화를 나누었다.

이 선생님과 한 번, 만화 이야기를 해보고 싶다며 생각했던 것을 떠올렸다.

귀가 후, 곧바로 2층의 자기 방에 틀어박혔다.

잠옷으로 갈아입고 침대에 누웠다.

가족에게 상황 설명은 프린스 선생님이 전화로 해주었다.

어머니도 일부러 카이한테 아무런 질문도 하지 않았다. 이미 끝난 일이고, 일방적으로 얻어맞았다는 한심한 보고를 굳이 하고 싶지는 않았다. 어머니도 쓸데없는 걱정은 도리어 카이를 불편하게 만든다는 것을 확실하게 알아주었다. 지금은 가만히 두는 편이 가장 기뻤다.

"다만…… 안정이라고 그래도 한가하네……."

시계를 보니 아직 19시도 안 되었다. 잠기운이 찾아오기에는 너무도 일렀다.

만화나 라이트노벨을 읽는 정도라면 안정의 범위일까?

애니메이션을 보는 건? 게임을 해도 괜찮을까?

———

그런 쓸데없는 생각을 하며 얼마나 지났을까.

계단을 올라오는, 소란스러운 소리가 들렸다.

이어서 기세 좋게 방문이 열렸다.

"카이!"

숨을 헐떡이며 나타난 것은 준이었다.

"병원 갔어? 의사 선생님은 뭐래?!"

어느 쪽이 피해자인지 알 수 없을 만큼 절박한 표정으로 다가와서는 침대 옆에 무릎으로 섰다.

"……아니, 큰일 아니라고. ……내일도 학교 갈 수 있다고."

준이 엄청난 기백으로 바싹 다가오자 카이가 허둥지둥했다.

"정말로?!"

"내, 내가 거짓말을 해서 어쩌겠어."

"하아아아아아아, 다행이다아아아아아아아아아아."

진심으로 안도했는지 준은 흐늘흐늘 힘이 빠져서는 침대 구석에 엎드렸다.

"……쇼핑 갔던 거 아니었어?"

"갔어. 하지만 레이나한테 연락이 와서, 후다닥 돌아왔어."

침대에 얼굴을 묻은 채, 준이 웅얼웅얼 이야기했다.

"그러고 보니 그 녀석 덕분에 살았구나……. 내일, 고맙다고 그래야겠네."

"응. 나도 전화로 엄청 이야기했어."

"오, 그런가. 그건 잘 됐네. 내가 고마워하는 것보다 준이 그러는 편이, 후지사와도 기쁘겠지."

나를 싫어하니까 말이지—, 라며 익살맞게 말했다.

사실은 태클을 기다렸는데, 하지만 준의 대답이 없었다.

침대에 엎드린 채로 고개를 들려하지 않았다.

덕분에 어떤 표정인지 알 수 없었다.

다만—— 코를 훌쩍거리는 소리가 들리기 시작했다.

카이는 쓴웃음을 띠었다.

"울지 마, 준."

"……안 울어."

"아파서 울 것 같은 건 내 쪽이잖아?"

"……그러니까, 안 운다니까."

침대에 얼굴을 파묻은 채, 준은 계속 허세를 부렸다.

그런 주제에 코를 훌쩍훌쩍하는 소리는 그저 강해질 뿐이고, 점차 오열도 뒤섞였다.

카이는 더더욱 쓴웃음을 띠고 오른손을 뻗었다.

프린스 선생님 흉내. 계속 엎드린 준의 머리에, 다정하게 얹었다.

찰랑찰랑한 그녀의 머리카락 감촉을 즐기며 위로하듯이, 달래듯이 쓰다듬어줬다.

그러자── 둑이 터진 것처럼 준이 "흐에─엥" 하며 소리 높여 울음을 터뜨렸다. 카이의 침대를 적시기 시작했다.

"역시 울고 있잖아."

"그게 말이지, 엄청 걱정한걸. 입원까지 가지는 않았다고 들었어도, 역시나 걱정이었단 말이야. 카이의 얼굴을 볼 때까지 안심할 수 없었단 말이야아아."

"이제는 안심했어?"

"했어…… 하지만 아직 조금 걱정이야……."

"그럼 안심이 될 때까지 있어."

"응…… 그렇게 할게……."

침대에 얼굴을 비비듯이 고개를 끄덕이는 준.

카이는 또 쓴웃음. 이래서야 누가 병문안을 왔는지 알 수가 없다고.

'뭐, 하지만 대화 상대가 있어주는 건 고맙네.'

친구가 얼마나 고마운지를 곱씹었다.

——그런데 말이다.

아직 코를 훌쩍거리는 준 옆에서, 카이의 코도 어쩐지 근질근질했다.

그러는가 싶더니 재채기를 연발.

'아, 이거 문제 있는 녀석이다.'

코를 훌쩍이며 자각했다.

"……미안, 준. 크게 다치지는 않았는데, 감기에 걸렸나 봐."

마츠다 일당에게 얻어맞기 전, 양동이의 물을 뒤집어쓴 것이 문제였으리라.

오늘은 싸늘했고. 축축한 상태로 한동안 있었고.

집으로 돌아왔을 무렵에는 이미 완전히 말랐으니까 방심하고 있었는데, 목욕을 해서 몸을 제대로 데워두어야 했을지도 모른다.

실제로 점점 오한이 들었다.

카이는 항상 그랬다. 열이 나면 날수록 오한을 느끼는 체질인 것이었다.

역시 이거 감기다.

"그러니까 오늘은 돌아가. 알겠지? 옮으면 안 되잖아."

"괜찮아. 옮겨."

"너는 또 터무니없는 소리를……."

카이는 나무라려고 했다.

하지만 그보다도 먼저 준이 고개를 들었다.

간신히 드러낸 표정에 시선을 이끌렸다.

눈물로 엉망인 눈가가 무척 인상적이었다.

항상 단정한 차림새에도 여념이 없는 준의 입장에서는 지독한 얼굴이리라.

하지만 카이를 생각하고 걱정해주고, 카이를 위해서 울어준 눈물이었다.

아름답게 보이지 않을 리가 없었다.

그 얼굴로, 콧소리로 준이 호소했다.

"카이가 마츠다한테 두들겨 맞은 건 내 탓이야?"

헉, 숨을 삼켰다.

진지한 표정을 띠었다.

"아냐. 절대로 아니야."

나쁜 것은 마츠다다. 그 비겁자 본인이다.

"그렇지! 게다가…… 내가 카이랑 같은 상황이 되어서 아무리 얻어맞아도, 친하게 지내지 말라고 위협당해도 그런 거 인정 못 해! 나도 인정할 수 없어! 오기로라도 싫다고 말할게!"

"준……."

한순간 가슴이 먹먹했다.

따라서 울음을 터뜨릴 것만 같았다.

그만큼 준의 말은 자신에게 기쁜 것이었다.

"그러니까, 옮겨. 같이 감기에 걸리자."

"하하…… 너무 엉망진창이라고, 너……."

이제는 무슨 소리를 하는지 모르겠다.

논리가 통하는지조차 모르겠다.

하지만 알 수 없는 설득력이 있었다.

"알았어. 잠시 곁에 있어줘."
"응!"
준이 기운차게 대답하자마자 침대로 올라왔다.
어? 그리 당황하는 사이에도, 이불을 끌어당겨서 같이 휘감았다.
어? 어? 그리 허둥대는 사이에도, 위를 보고 누워 있는 카이를 옆에서 끌어안았다.
"이거 뭐야……?"
"카이는 감기에 걸리면 항상 춥다, 춥다고 그러잖아? 그러니까 데워줄게."
그리 대답한 준의 얼굴이야말로 이미 붉었다.
"부끄러울 정도라면 무리 안 해도──."
"아니야! 이건 감기 탓이야!"
"하하. 빨리도 옮았네."
그리 농담을 던지는 자신의 얼굴이야말로 달아올랐을지도 모르겠다. 카이는 그리 생각했다.
같은 이불을 감고 있는 탓인지 준의 좋은 냄새가 평소보다 강했다.
준의 체온이 평소보다 느껴졌다.
두근두근하는 심장의 고동조차 피부를 통해서 전해지는 것만 같아서.
"……저기."
"……뭔데?"

"……좀 더 응석부려도 돼?"

"……그래도 돼. 친구잖아."

귓가에서 숨결로 간질이듯이 준이 말했다.

"……그럼 우정으로 응석을 부릴게."

"……응. 이리 와."

허가를 받고 자세를 바꾸었다.

위로 누운 자세에서 준과 마주보고, 서로를 끌어안듯이 옆으로.

자신이 아는 한, 세계에서 가장 귀엽고 취향 한복판인 그녀의 얼굴이, 숨결이 닿을 만큼 가까웠다.

"……어때?"

"……좋네."

꼬옥 끌어안은 몸은 부드럽고, 무엇보다 따듯했다.

감기의 초기 증상인 오한 따윈 잊게 해주었다.

다음 날, 카이와 준은 사이좋게 학교를 결석했다.

둘이서 사이좋게 감기에 걸렸다.

만 하루를 잤더니 완전히 회복되었다.

가벼운 감기로 그친 것은 준이 반쯤 받아주었기 때문일까.

LINE으로 연락을 했더니 준도 수요일인 오늘부터 학교에 나올 수 있다고.

교실에서 만나기로 약속하고, 카이는 하루 만에 등교했다.

'누구한테 어제 수업 노트를 보여 달라고 해야겠네—. 키시모토는 제대로 안 적었을 테고—. 사토는 기대해도 될까—.'

곰곰이 그런 생각을 하며 별일 없이 학교에 도착.

그리고는 신발장에게 누군가를 기다리고 있는 레이나를 발견!

'으겍.'

울렁증이 반사적으로 카이를 겁먹게 만들었다.

하지만 금세 생각을 고쳤다.

그저께, 레이나는 도와줄 사람을——프린스 선생님을 데리고 와준 모양이었다. 감사인사는 해야지.

"아, 안녕. 후지사와."

불필요하게 말을 건네지는 않았으니까 말이지? 화내지 말라고? 마음속으로 그리 변명하며, 벌벌 떨면서 다가갔다.

"안녕. **기다렸어**."

레이나는 어마어마한, 완벽한 가짜 미소를 지어주었다.

'무무무무무슨 바람이 분 거지?'

동요하며, 물어보는 것도 무서우니까 먼저 용건을 해치운다.

교실을 향해 둘이 나란히 복도를 걸어가며 이야기를 꺼냈다.

"내가 마츠다 일당한테 얻어맞았을 때, 프린스 선생님을 불러줬지? 그거, 고마워."

"감사할 일은 아니야. 먼저 키시모토 군이랑 사토 군이 용기를 내서 나한테 가르쳐 줬거든. 네가 체육관 뒤로 불려갔다고."

"그랬구나. 감사해야 할 녀석, 잔뜩 있네."
말로는 투덜대면서도 표정이 무너져 버렸다.
그러니까 자신을 도와준 녀석이 잔뜩 있다는 이야기였다.
이렇게나 기쁜 일은 달리 없다.
한편, 여왕님이 쉬고 있던 동안의 일을 가르쳐 주었다.
"그 녀석들은 2주 정학이래. 게다가 옐로카드. 다음에 또 폭력 사건을 일으킨다면 즉각 퇴학시킨다는 결론이 나왔어."
"……꽤 무거운데?"
"그러네. 너도 **상상력이 결여된 쓰레기였다면** 쌍방과실로 좀 더 가벼운 처분이었을 테지만."
같이 주먹을 휘두르지 않고 잘 참았다며 레이나까지 칭찬해 주었다.
"하지만 말이지—. 반대로 말하면 고작 2주 뒤에는 또 얼굴을 마주해야 하는 거구나—. 싫은데—."
카이는 부끄러운 심정을 감추려고 투덜거렸다.
투덜거리고 나서, 실제로 이건 심각한 문제가 아니냐고 다시 생각했다.
마츠다 일당은 또다시 반성도 없이 괴롭힐지도 모른다.
오히려 복수에 불타고 있을지도 모른다.
그 녀석들도 퇴학은 싫을 테니까 더욱 증거를 찾기 힘든 음습한 방식으로 넘어가지는 않을까?
그렇게 되면 프린스 선생님한테 의지하더라도 역시나 감당할 수 없지는 않을까?

생각하는 것만으로 마음이 무거워졌다.
"괜찮아."
남의 마음도 모르고, 레이나는 아무렇지도 않게 말했다.
"괜찮아. 그 녀석들도 반성하고 있으니까, 틀림없이 더 이상 시비를 걸지는 않아."
"어어어—, 정말—?"
도무지 믿기 어려운 이야기였다.
그런 비상식적인 녀석들이 반성이니 갱생이니, 그런 사례는 본 적이 없었다.
"괜찮아. 반드시 반성하게 만들 테니까."
"어?"
"아무것도 아닌데? 혼잣말이야."
레이나는 또다시 이쪽을 향해 어마어마한 가짜 미소를 띠었다.
무서우니까 그 이상 추궁하지는 않기로 했다.
어쨌든 이야기를 되돌리자.
"뭔가, 후지사와한테 답례를 하고 싶은데."
"그러니까 나한테 감사할 필요 없거든."
"으응?"
정교할 만큼 아름다운 미소 그대로, 하지만 완고한 레이나를 카이는 수상쩍게 느꼈다.
레이나는 간단히 자백했다.
"이상하다고 생각하지는 않아? 나는 네가 그 녀석들한테 불려 나갔다는 사실을 처음부터 알고 있었어. 그런데도 너는 그 녀석들에게 폭행을 당했지. 도와줄 사람이 미처 때를 맞추지 못했어."

"……그게 이상한…… 일인가?"

"나는 네가 맞는 모습을 처음부터 방관하고 있었던 거야."

"으헤."

듣고 싶지 않았던 고백에 얼굴이 찌푸려졌다.

"……어째서?"

"고소하다고 생각했으니까. 나도 너랑 준이 헤어졌으면 했으니까."

'역시 이 녀석 무서워…….'

다시금 통감했다.

"……그런데, 잠깐만. 그것도 이상하지 않나?"

"어머? 어디가?"

"그럼 후지사와는 프린스 선생님을 부를 필요가 없었잖아. 내가 울면서 마츠다한테 빌 때까지 기다리면 그만이잖아."

"그러네. 그럴 생각이었는데 말이지——."

레이나는 갑자기 복도에서 걸음을 멈췄다.

그에 이끌려 멈춘 카이를 향해 완전히 몸을 돌리고서 말했다.

"네가 아무리 지독한 꼴이 되어도 준이랑 헤어질 생각은 없다고 주장했으니까. **너를 다시 봤으니까.** 그래서 도와야겠다는 생각이 들었어. 그것뿐이야."

기이하게도 이곳은 같은 장소였다.

지난주, 레이나가 카이를 "과대평가였다"라고 말했던 복도였다.

준한테는 걸맞지 않는 남자라고, 두 사람의 관계를 인정할 수 없다고 실컷 말했던 장소였다. 이곳은.

그렇게 같은 장소에서——.

"있잖아, 나하고도 친구가 되어주겠어?"

레이나는 어마어마한 미소로 말했다.

그것이 역시나 가짜 미소인지, 혹은 진짜 미소인지 판단할 수 없었다.

"진 · 짜 · 로……?"

새삼스럽게 그러냐고 마음속으로 딴죽을 걸었지만 역시나 여왕님은 주눅 들지 않았다.

"괜찮겠지? 준—— 친구의 친구는 친구야. 아냐?"

"아니지는 않은…… 걸까?"

또 하나, 자신에게 여자 사람 친구가 생긴 순간이었다.

"자. 가자—— **애시 군**."

레이나가 교실로 손짓했다.

카이는 떨떠름한 표정을 띠며 뒤를 따랐다.

"그러니까 나카무라라고."

"어머? 뭐 어때, 친구니까. 나도 레이나라고 부르면 돼. 너만 특별히 허락하는 거라고?"

"적어도 카이라고 불러줘! 준도 그런다고."

"그럼 나는 애시면 되겠지? 호칭을 바꾸는 것으로 캐릭터를 구별하는 스킬은 중요하다고, 준도 자주 말했어."

"너 그거, 무슨 의미인지 제대로 이해 못 했지?"

두 사람이 즐겁게 교실에 얼굴을 비추자 같은 반 모두가 눈을 동그랗게 뜨고 준의 표정이 환해진 것은, 잠시 후의 일이었다.

하지만 세상에는 몰라도 되는 세계라는 것이 있다.

카이에게는 그야말로 **이것**이 그랬다——.

노래방의 한 방에서 마츠다 일당의 노성이 메아리쳤다.

"젠장, 치아키랑도 연락이 안 돼!"

"죄다 읽기만 하고 패스하잖아!"

"그렇게나 우리랑 노는 건 싫으냐고?!"

"전에는 꼬셨더니 냉큼 따라왔던 주제에!"

그들은 정학 중이었다. 본래는 자택근신으로 하며 자습을 하고 있어야 했다.

하지만 마츠다 일당이 그런 느슨한 규칙에 얽매일 리가 없었다.

어제도 오늘도, 넷이 모여서 놀러 다녔다.

다만 남자들끼리만 있으면 정학을 당한 답답함이 풀리질 않았다. 여자가 필요했다.

그래서 아는 여자한테 모조리 연락을 했지만—— 화가 치밀 정도로 거들떠보지도 않았다.

이럴 때, 레이나 그룹처럼 비싼 여자들을 노리진 않아도 된다. 호박이든 걸레든 상관없다. 그만큼 **양보해 주고 있는데** 아무도 잡히질 않는 것이었다.

"빌어먹을!"

"웃기지 말라고?!"

노성을 터뜨리고 분노에 내맡겨 노래방의 벽을 두들기는 마츠다 일당.

어째서 갑자기 무시를 당하는 것인가? 짚이는 바는 있었다. 처음에 LINE으로 연락을 취한 3반 최강 비치, 사카키바라 스아마의 반응이 가르쳐주었다.

『너희들 정학 먹었다며?』

『꼴사납네. (웃음)』

이 메시지를 마지막으로 더 이상 읽지도 않게 되었다.

딱히 스아마만이 아니었다. 학교에서는 누구든 마츠다 일당의 험담을, 사실이든 아니든 수군대고 있겠지! 웃음거리로 삼고 있겠지!

정학이 끝나고 대체 어떤 얼굴로 학교에 가면 된다는 말이냐!!

"……전부 그 오타쿠 새끼 탓이야……."

마츠다는 증오를 담아서 벽을 때렸다.

그러자 옆방에서 시끄럽다며 항의하듯이 벽을 연타했다.

금세 마츠다 일당은 격앙했다.

"뭐야, 인마?!"
"우리도 기분 더럽다고!"
"뜰까, 인마?! 해볼까, 인마?!"
"마츠다가 완전 강하다는 거 알게 해줄까?!"
이제는 그저 새빨간 남한테 화풀이하는 짓이었지만, 넷이서 벽을 마구 차며 을러댔다.
위축되었는지 옆방은 금세 조용해졌다.
"쫄 정도라면 처음부터 허세부리지 말라고!"
마츠다는 다시 한 발, 두 발 벽을 차고 그것으로 속이 후련해졌다.
"……그렇지. 우리는 이래서는 안 돼. 얕보이면 안 된다고."
좋은 생각을 떠올리고 마츠다는 사악한 미소를 띠었다.
"정학 끝나면 그 오타쿠 새끼를 박살내 주자고."
""""오오……!""""
"우리한테 대들면 어떻게 되는지 본보기로 만들어 주겠어."
"좋은데!"
"하자, 하자!"
타케다 · 우메다 · 후쿠다도 미소로 분위기를 탔다.
다른 애들 앞에서 카이를 괴롭히면 뒤에서 험담이나 해대던 녀석들도 마츠다 일당이 얼마나 무서운지 떠올릴 것이다. 비온 뒤에 어쩌고다. (요전에 쪽지 시험에 나왔다.) 마츠다 일당의 위엄은 틀림없이 이전보다도 더욱 강해지고, 학급 내 지위를 더욱 탄탄하게 만들어줄 것이다.

“그 오타쿠, 어떻게 만들어 줄까?”
“퇴학도 사양이고, 그저 두들기는 것만으로는 시시한데.”
“키시모토라든지 인질로 잡아서 말이야—, 나카무라를 알몸으로 만들어서 학교를 뛰어다니게 만드는 건 어때?”
“좋은데! 하지만 그 전에, 준한테 남친 거시기는 보여주자고.”
“갸하 가여워라—. 그러면 오타쿠 새끼도 발딱 서버릴걸—?”
“완전히 변태잖아!”
“애초에, 오타쿠는 죄다 변태잖아 갸하하하.”
카이를 어떻게 괴롭힐지 다 같이 논의하는 동안에 차례차례 과격한 발상이 나오고, 마츠다 일당은 점점 즐거워졌다.
전부 스마트폰에 메모해서 실행하겠다고 결의했다.
누군가 문을 노크한 것은 바로 그때였다.

마츠다 일당은 얼굴을 마주봤다.
아무도 추가 주문 따윈 안 했다. 점원이 올 리는 없었다.
의아하게 생각하는 사이, 이쪽의 대답도 기다리지 않고 문이 열리더니 누군가가 들어왔다.
얼굴을 비춘 것은 세상에나—— 레이나였다.
“““““오오오오!”””””
금세 만면에 희색이 도는 마츠다 일당.
여자들한테 잔뜩 퇴짜를 맞고 이제까지 꺄—꺄— 들이대던 녀석들조차 쌀쌀맞게 굴고 있는 상황.
예상치도 않았던 절벽 위의 꽃이 와주다니. 버리는 신이 있다

면 줍는 신이 어쩌고*였다. (요전에 쪽지 시험에 나왔다)

"마침 잘 왔어, 레이나! 여기 앉아!"

"뭐 부를래? 무슨 노래 틀까?"

"그보다 마츠다 칸쟈니 들을래?"

"여긴 우리가 쏠 테니까!"

완전히 들떠서는 레이나를 환영하는 마츠다 일당.

하지만——.

그들이 들떠 있을 수 있던 시간은 결코 길지 않았다.

레이나에 이어서 또 한 사람이 방으로 들어왔기 때문이었다.

"게……엑……."

마츠다 일당은 모조리 말을 잃었다.

여봐란 듯이 눈을 부릅떴다.

레이나와 함께 나타난 것은 그럴 정도로 박력이 있는 실루엣의 남자였다.

문을 지날 때, 살짝 몸을 숙여야만 할 정도로 일본인과 동떨어진 장신.

갑옷처럼 두꺼운 몸.

나이는 20대 후반일까?

마치 육식짐승이 옷을 입고 거리를 걸어 다니는 것 같은, 뒤숭숭하기 짝이 없는 인상이었다.

옷은 건실한 인간이 절대로 입지 않을 법한 정장이었다. 색깔도 모양새도 시크하지만 목덜미 옷깃의 폭이 이상하게 넓은, 이른바 마피아 정장이었다.

---

*어느 특정한 면에서 안 좋은 일이 있더라도, 다른 면에서는 도움을 받거나 인정을 받을 수 있다는 뜻.

'레, 레이나가 야쿠자랑 사귄다는 소문, 진짜였나……?'

마츠다는 목을 울리며 마른침을 삼켰다.

도망치고 싶다. 도망칠 수 있다면 이런 장소에서 도망치고 싶다.

하지만 입구는 의문의 거구에게 봉쇄당했다.

"준의 애인을 두들겼던 건 이 녀석들인가?"

그 거구가 찌릿 노려보자 그저 그것만으로 마츠다 일당은 몸을 떨었다. 고등학생으로서는 우선 이런 중압감을 낼 수 없는, 무시무시할 정도의 눈빛에 맞닥뜨리고 움츠러들었다.

"그래, 이 녀석들이야. 게다가 반성이라는 것도 모르는, 우둔한 녀석들."

레이나가 내뱉듯이 말했다.

사람은 이렇게까지 냉혹한 음색을 낼 수 있구나, 마츠다는 처음으로 깨달았다.

"너희들, 싸움을 걸 상대를 그르치지 말라고 학교 선생님한테 안 배웠나?"

의문의 거구는 우습지도 않다는 듯이 말했다.

"자, 잠깐만 기다려! 아니, 기다려 주세요!"

"우리, 당신 같은 무서——엄청난 사람한테 싸움을 건 적 없다고!"

"사람을 착각한 거 아님까?"

마츠다 일당은 당황해서 동정심을 유발하는 손짓발짓으로 자신들의 무죄를 어필했다.

하지만──.

"정말로 우둔한 녀석들이네."

또다시 레이나가 냉담하게 내뱉었다.

"모르겠어? 내 가족한테 손을 댄 것이 만 번 죽어 마땅하다는 소리야."

"가, 가족이라니 누구 말이야?!"

"짐작도 안 간다고!"

"준의 남친은, 내 가족이야."

냉엄한 그 말에 마츠다 일당은 소름이 확 끼쳤다.

결코 사람을 착각해서 자신들이 곤경에 처한 것이 아님을 깨달았다.

"시, 시끄러어어어어어업다고오오오오오!"

"이 자식, 한꺼번에 덤벼서 박살내 버려!"

"상대는 아저씨 하나야! 쫄 것 없다고."

막다른 곳에 몰린 마츠다 일당은 자포자기해서, 넷이서 한꺼번에 의문의 거구를 덮치려고 했다──**만**.

그 직전, 거구의 오른손이 으르렁거렸다.

출입구 바로 옆의 벽을 백핸드로 있는 힘껏 때렸다.

단 한 방이었다.

벽의 자재가 함몰되고 커다란 균열이 거미줄 모양으로 생겼다.

""""""게엑……."""""""

마츠다 일당은 신음하고, 공포로 더는 한 걸음도 움직이지 못했다.

어떻게 하면 인간의 주먹으로 이만한 파괴력을 낼 수 있나?

아무리 날림으로 지은 노래방이라고 해도, 맨손으로 때려서 벽을 부술 수 있을 정도는 아니었다. 어리석은 마츠다 일당도 알 수 있었다. 조금 전에 자신들이 막 때리고 찼으니까 그것을 알 수 있었다.

이 거구와 자신들의, 비교하는 것도 주제넘을 정도의 격차를 알 수 있었다.

"쫄 정도라면 처음부터 허세부리지 말라고?"

레이나가 실소와 함께 희롱해도, 더는 한 마디도 대답하지 못했다.

그리고 일방적으로 유린당했다.

마츠다 일당에게 폭력이란 일상다반사였다.

어릴 적부터 체격과 운동 신경이 뛰어나서 아무런 노력을 안 해도 싸움에는 강했다.

자신보다 약한 녀석을 발견해서는 장난으로 때리고, 마음에 안 드는 녀석이 있다면 걷어찼다.

계속 그렇게 살았다. 잔뜩 허세를 부려댔다.

하지만 지금——.

마츠다 일당이 그 몸으로 받은 폭력은, 자신들이 특기로 하는 싸움과는 질부터 달랐다.

이 거구는 상대를 위압하기 위한 기합을 굳이 외치지 않았다.

이 거구는 진부한 위협 따위를 일일이 사용하지 않았다.
마츠다 일당은 몰랐다. 마츠다 일당은 무지했다.
이런 "진실된 폭력"이라고도 해야 할 것은, 마츠다 일당의 일상에는 존재하지 않았다……!

——그 후.
마츠다 일당의 정학은 예정대로 2주 만에 끝이 났다.
하지만 그들은 모두 그 기간을 병원 침대 위에서 지내는 꼴이 되었다.
마츠다 일당이 퇴원하고 사람이 바뀐 것처럼 학교에 나타난 것은 여름방학도 끝난 2학기였다…….

이것들은 전부, 카이에게는 몰라도 되는 세계.
이 의문의 거구가 카이 앞에 나타나는 것은 아직 훠—얼씬 뒤의 일.

예를 들면 최종 던전 안쪽에 서식하는 진짜 괴물이 초반 마을에 나타나는 듯한 이야기

2학년으로 진급하자마자 이런저런 일이 벌어졌던 것이 거짓말처럼, 4월 후반은 평온한 나날이 이어졌다.

준과 게임을 하거나, 영화를 보러가거나, 토라노아나와 애니메이트와 게이머즈와 멜론북스 순회 원정을 다니는 사이에, 순식간에 골든 위크는 바로 내일로 다가왔다.

등교 시간.

사카타 역에 내린 카이는 준의 뒷모습을 발견했다.

아무래도 차량은 달랐지만 같은 열차에 탔던 모양이다.

"여."

"안녕—."

둘이서 함께 등교했다.

화제는 그저 어제의 쪽지 시험이었다.

"어쩐지 2학년이 된 뒤로 수학 엄청 어려워지지 않았어—? 나, 살짝 수업에 따라갈 수가 없다는 느낌이야—."

"어라, 1학년 때는 따라갔던가요—?"

"카이 짜증나. 다음에 전차로 뒤에서 쏠 거야."

"우오오 누가 와줘 여기 팀킬이야아아."

농담을 하고 장난을 치는 준한테서, 웃으면서 도망쳤다.

"진지하게 좀 가르쳐 주지 않을래—?"

그러는가 싶었더니 준이 시무룩하게 어깨를 떨어뜨렸다.

자유로운 교풍이 특징인 아사기 고등학교에서는, 교사들은 그다지 공부를 하라며 시끄럽게 굴지 않았다.

다만 "자유란 책임을 동반하기에 존중된다"라는 교칙에 의거하여 낙제점을 받았을 때의 페널티는 컸다.

골든 위크가 끝나면 곧바로 중간고사다. 준이 불안을 느끼는 것도 이해할 수 있었다.

"하지만 나 같은 것보다 수학 선생님한테 배우는 편이 확실하지 않아?"

"으—음. 다른 교과는 몰라도 그 선생님은 거북하거든—."

"아—. 그런가."

그 말을 듣고 자신이 어리석었다며 생각을 고쳤다.

수학 담당 교사는 결코 나쁜 사람은 아니지만 조금 융통성이 없다고 할까, 엄청 진지한 구석이 있었다.

준이나 레이나, 모모코같이 꾸미는 데 여념이 없는 학생을 보면 "알랑거린다"라며 눈엣가시처럼 여기는 경향이 있었다.

자유로운 (이하 생략) 아사기 고등학교에서는 본래 복장이나 몸가짐의 규정은 어쨌든 느슨했다. 머리카락은 좋아하는 색깔로 물들여도 OK고 피어스조차 극도로 화려한 것만 아니라면 세이프.

그만큼 느슨하다고는 해도, 준과 친구들은 제대로 교칙의 범위에서 치장에 기합을 넣는 것이었다. 그런데도 "알랑거린다"라느니 흠을 잡히더라도 "난 몰라"라고밖에 말할 도리가 없었다.

이런 점에서 카이는 완전히 준의 편이었다.

"어쩔 수 없네. 골든 위크에 공부 모임을 열까."

"게임 모임도 열게~."
"양쪽 다 하다가는 날이 저문다고?"
"저녁밥 잘 먹겠습니다!"
"뭐, 엄마는 기뻐할 테니까. 상관없는데."
"만세— 기대돼! 고기고기!"
"고기가 나온다는 전제구나……."
그야 나도 먹고 싶지만, 그러면서 쓴웃음 지었다.
준이 감사를 담아서, 천진난만하게 뒤에서 달라붙었다.
그렇지만 등교 중인 다른 학생들의 시선이 있으니까 지극히 짧게, 장난을 치는 정도였다.
너무 찰싹 달라붙으면 여느 때처럼 "사귀는 사이도 아닌데"라든지 "난봉꾼(비치)이다"라든지, 그렇게 여겨질 수도 있다.
"내일 아침부터 바로 할까?"
"할래—."
"부모님 허락을 받을 수 있다면 묵고 가도 되는데? 침대는 누나 거 쓰고. 누나, 대학교 사람이랑 여행 간다나 봐."
"와아! 어쩐지 합숙 같네."
준이 눈을 반짝였다.
그러는가 싶더니 고개를 갸웃거리고,
"어라? 하지만 카이, 아르바이트는? 연휴는 못 얻는 거 아냐?"
"선배 하나가 남친한테 차였어. GW는 마음의 상처를 일로 메우겠다고 그랬어. 그 덕에, 꽤 한가해졌어. 내일부터 사흘 연휴야."

"그럼 사흘 동안 게임 합숙이네!"
"공부 합숙이겠지! 취지를 바꾸지 말라고."
"농담이잖아—. 하지만 게임도 할 거지—? 나중에 88밀리미터포로 쏘지는 않을 테니까—."
준이 자신의 안전성을 어필하듯이, 또다시 뒤에서 장난을 쳤다.
그것도 물론 지극히 짧은 시간의 일이었다.
하지만 우연히 그 순간, 카이는 시선이 마주쳤다. 마주치고 말았다.
아직 100미터 정도 앞에 있는, 학교 정문.
그곳에 서 있는 오늘 아침의 당번 교사.
성별은 다르지만 **준에게도 뒤지지 않는 미모**인, 갸름하고 부드러운 남자.

프린스 선생님이—— 어째선지 잡아먹을 것 같은 눈빛으로 이쪽을 보고 있었다.

"아, 프린스 오빠다."
"허어?!"
뒤에서 달라붙은 준이 무언가 놓쳐서는 안 되는 말을 했다.
"이런…… 위험한 모습을 봐 버렸네."
그러는가 싶더니 겸연쩍은 듯이 카이한테서 거리를 벌렸다.
그동안에 이쪽은 줄줄, 식은땀이 멈추지 않았다.
나쁜 예감이 치밀어 올랐다.

나쁜 기억이 되살아났다.

——나, 나이 차이가 많은 오빠가 넷 있거든.

——다—들 나는 눈에 넣어도 안 아프대.

——그만큼 시끄럽다고~? 남친 같은 건 절대로 만들지 말라 그러고—.

——오빠들이 틀림없이 남친이라고 착각할걸.

——그래서 카이를 흠씬 두들길 거야.

'아니아니아니아니. 설마설마설마설마.'

프린스 선생님이 마츠다 일당한테서 구해 준 것을 잊지는 않았다.

병원에 동행해 준 것도, 집까지 바래다준 것도, 안이하게 덤벼들지 않은 용기를 이해해 준 것도, 앞으로도 의지하라고 말해 준 것도, 3대 주간 소년지 화제로 신나게 대화를 나누었던 것도 전부전부, 잊지는 않았다.

이렇게나 좋은 선생님은 좀처럼 없다.

'그러니까 프린스 선생님이 준의 오빠라는 건 거짓말이야.'

카이는 이마의 땀을 훔쳤다.

'나를 노려보는 것처럼 보이는 것도 무언가 착각이야.'

카이는 떨리는 다리에 채찍질했다.

그리고, 쭈뼛쭈뼛 준에게 확인했다.

"저기, 너희 오빠?"
"그래. 첫째 오빠."

"중증의 시스콘이라던?"
"그래. 나를 세계에서 제일 좋아하는."

'끝났다…….'
카이는 조용히 하늘을 올려다봤다.
"있잖아, 미야카와 퓨어퓨어 씨."
"짜증. 뭔데, 나카무라 애시 군?"
"너희 아버지인지 어머니인지 모르겠지만, 진짜로 DQN 네임을 좋아하는구나."
왕자(王子)라 쓰고 프린스라고 읽는다든지, 대체 얼마나 좋아하는 거냐.
카이는 마음속으로 하염없이 울었다.
그리고 각오를 다졌다.
준과 서서히 서서히, 아~무렇지도 않게 거리를 벌리면서, 남이라고 어필하면서 교문으로 향했다.
그곳에 우뚝 버티고 선 프린스 선생님과 더 이상 눈이 마주치지 않도록 의식했다.
다른 학생들이 교문을 지나가며 미소로 선생님에게 인사했다.
프린스 선생님도 당당하게 인사로 답했다.

"프린스 선생님, 안녕요—." "그래. 안녕." "선생님, 안녕하세요." "어. 안녕." "선생님, 오늘도 잘 지내—?" "그럼. 너도 잘 지내는 모양이네." "프린스 선생님, 내 이야기 좀 들어봐—." "하핫, 그건 다음에 말이지." "프린스 선생님, 러브—♥♥♥" "선생님, 부인 있으니까." "안녕하세요." "안녕." "안녕하세요!" "안녕."

수많은 학생이 큰 목소리로 인사를 하고, 큰 흐름을 이루어 교문을 통과한다——.

그 안에 슬며시 섞여서 지나가는 것이 카이의 미션!

"……아, 안녕하세요—."

"나아아아아카아아아무우우우라아아아아."

히익——.

갑자기 등 뒤에서 어깨를 붙들려서 카이는 심장이 짜부라질 만큼 놀랐다.

머뭇머뭇 돌아보니 프린스 선생님이 있었다.

대체 어느새 등 뒤로 돌아 들어왔는지, 이제는 호러 수준이었다.

붙잡은 어깨를 결코 놓아주지는 않았다.

그대로 귓가에, 무시무시하게 속삭였다.

"봤다고, 나카무라아아아."

"여, 역시 교사의 귀감, 항상 학생을 지켜보고 있군요!"

"준이랑 사이가 좋던데에에에."

"누, 누군가요, 그거? 저, '우연히' 발견한 '아직 이름도 기억 못 하는' 반 친구랑 '순수하게' 대화를 나누었을 뿐인데요?"

"잘도 우리 여동생이랑 찰싹 달라붙어서느으으은."

"선생님, 제 어깨 우둑우둑하지 말고! 아파아파항복항복!"

"무슨 소리야, 선생님은 이렇게나 웃고 있잖니이이이?"

"거짓말이야, 눈이 웃질 않아!"

"너, 준이랑 사귀는 거냐아아아?"

"안 돼, 이 사람. 이야기를 듣질 않아!"

카이는 비명을 질렀다.

멋지고 이해심 있는 선생님이라고 생각했는데, 설마 여동생이랑 엮이면 이렇게나 막무가내가 될 줄이야! 중증 시스콘은 무서워!

카이는 주위에 도움을 청하려고 했지만—— 헛수고였다.

프린스 선생님은 어디까지나 카이의 어깨를 붙잡고 있을 뿐(인 것으로 보였다).

얼굴도 무척 생글생글(하는 것처럼 보이니까).

지나가는 학생들을 다들 "어라, 저 두 사람 사이가 좋네"라는 듯, 흐뭇하게 손가락으로 가리키며 가버렸다.

이만큼 사람이 많은 환경 가운데, 카이는 깊은 고독을 느끼고 무관심이 만연하는 현대사회의 어둠을 깨달았다.

"정말이지~, 그럴 것까지는 아니잖아, 오빠."
"역시 너뿐이야, 준!"
보다 못 하여 도우러 와준 친구를 보고 카이의 고독은 순식간에 치유되었다. 현대사회도 아주 끝장은 아님을 깨달았다.
한편으로 프린스 선생님은 엄격한 오빠의 표정으로,
"준. 너, 이 녀석이랑 사귀는 거냐?"
"아니야. 사이좋은 친구."
"그래그래, 친구야."
"흥. 그런 소릴 해도 못 믿겠는데."
"뭐야, 오빠. 무슨 근거로 하는 말이야—?"
"그래그래, 적어도 교사라면 우선 학생을 믿어라—."
"……내가 이 학교에 와서 말이다. 2학년 1반의 유명인인 미야카와 준은 마음에 둔 남자와 교제하는 모양이다—— 그런 소문을 몇 번인가 들었지. 아직 꼬맹이인 준이 그럴 리가 있겠느냐며 믿을 수 없었고, 뭐 남의 소문 따윈 무책임하게 퍼뜨리는 법이라고 그저 웃어넘겼다만 말이다……. **배신당한 심정이야,** 나카무라."
"내가 언제 뭘 배신했다는 검까?!"
열심히 오해라고 어필하는 카이.
하지만 역시나 프린스 선생님은 이쪽의 이야기를 전혀 듣지 않았다.
눈꼬리를 잔뜩 추어올리고 귀기가 서린 표정을 띠더니——.
"나는 너희 교제 따윈 인정하지 않으니까!!"

그날 마츠다 일당한테 그랬던 것처럼 터뜨렸다.

우리는 그냥 친구인데요?!

◇◆◇

최악의 상황 그대로, 골든 위크 첫날에 돌입해버렸다.
카이는 자기 방 침대에서 뒹굴뒹굴하며 준과 LINE으로 대화했다.
『거긴 어떤 느낌이야?』
『오빠 아직 화났어.』
『진짜냐—.』
『카이네 집에 놀러가지 않도록 감시 중이야.』
『타이밍이 너무 나쁘네.』
메시지를 적은 다음, 베개에 엎드렸다.
프린스 선생님은 결혼을 했으니까 본래는 본가를 나와서 아파트에 살고 있다나.
하지만 학생을 보살피는 것을 우선해서 아내와의 약속을 어긴다든지 그래서 현재는 절찬 부부싸움 중이라고 한다. 그래서 아내한테 아파트에서 쫓겨나서는 미야카와네 집으로 돌아왔다고 한다.
그런 쪽의 사정은 어제 학교에서 준한테 들었다.
게다가 그 "학생을 보살피는 것"의 내용이 아무래도 카이와 병원에 같이 갔다가 집까지 바래다준 그날인 모양이라, 이 점에서는 이미 "부부싸움의 원인이 되어서 죄송합니다!"라며 엎드려 사죄하고 싶은 기분이었다.

나쁜 선생님은 아니다. 결코 나쁜 선생님이 아닌 것이다.

그저 여동생과 엮이면 ●●가 이상해지는 것뿐이라는데.

『다른 애들이랑 놀러간다고 거짓말해도 되는데.』

준이 새로운 메시지를 보냈다.

『근본적인 해결이 안 되겠네.』

『그렇지. 계속 속일 수도 없고.』

『일단 공부 합숙은 허사네.』

메시지를 보내자 우마루가 『싫어』라며 떼를 쓰는 LINE 스티커를 준이 보냈다. 벨 군이 『자자자』라며 달래는 스티커로 답했다.

어쨌든 건설적인 이야기를 하고 싶었다.

『그러면 너희 부모님 반응은?』

두 사람이 친하게 지내는 것에 프린스 선생님은 반대해도 부모님이 반대하지 않는다고 말해 준다면 문제는 해결될 것 같았다.

장문을 보내는 것이리라, 준의 대답은 시간이 걸렸다.

『우리 집은 부모님이 일로 바쁘시거든. 그래서 오빠들이 보호자 대신이라서. 특히 지금은 GW의 가족 여행이 있으니까, 그때까지 아버지가 홀가분한 몸이 되어야 한다면서 일에 몰두하는 상태니까 우리를 신경 쓸 때가 아니야.』

'으음, 의지할 수는 없겠네.'

스마트폰 화면을 바라보며 신음했다.

아사기 고등학교는 자유로운 교풍이 포인트지만 불순 이성 교제에는 엄했다. 이런 점에서 학교는 괜찮더라도 부모님이 시끄럽기 때문이었다.

그렇다면 "불순"인지 아닌지의 쟁점은 어디에 있느냐면 "쌍방의 보호자 공인인가 아닌가", 이것으로 끝이었다.

그래서 두 사람의 경우, 준의 보호자 대신인 프린스 선생님에게 사이를 인정받지 못하는 한, 두 사람의 마음이나 사실 관계는 어찌되었든 학교로서는 "불순 이성 교제"라는 취급이 되어버린다.

화는 나지만 그것이 교칙이라는 것으로, 따르지 않는다면 카이도 준도 처벌을 받고 만다.

아사기 고등학교는 교칙이 기본적으로 느슨한 만큼, 하지만 저촉되었을 때에는 엄격한 태도로 사안에 임한다는 사실은 전에도 말했던 바다.

『프린스 선생님이랑 만날 수는 없을까? 내가 어떻게든 설득해볼게.』

그 밖에 타개책이 떠오르지 않아서 메시지로 제안했다.

하지만 답변이 곧바로 오지 않았다.

망설이는 건가? 그렇다면 사오리 바지나가 『잘 부탁하겠소이다』라며 안경을 꾹 밀어 올리는 스티커로 패기를 표시했다.

그럼에도 더욱 시간이 지나서야 간신히 준의 답변이 왔다.

『또 카이가 얻어맞는다면 싫은걸.』

주저에 주저를 거듭한 메시지가, 이것.

"앗……."

카이는 말문이 막혔다.

마츠다 일당에게 "준이랑 헤어져라"라며 협박당하고 잔뜩 시달렸던 것은 아직 멀지 않은 기억이었다.

그때, 상처 입은 카이를 본 준은 상당히 흐트러진 모습이었다.

그런 비극이 다시 일어나고, 게다가 가족이 그것을 저지른다면 준의 슬픔은 과연 어떠할 것인가…….

틈을 두지 않고 준이 추가 메시지를 보냈다.

얼마나 각오했는지 엿볼 수 있는 노도의 연속 메시지였다.

『내가 어떻게든 할 테니까.』

『이번 여행에서 가족 전원이 모이고.』

『아버지랑 어머니 앞에서 오빠들을 설득할게.』

『그러니까 그때까지 기다려줘.』

그저 문자의 나열에서, 하지만 준의 다양한 생각이 전해졌다.

카이가 두 번 다시 그런 지독한 일을 당하게 두지 않을 테니까.

나도 카이랑 만나고 싶으니까. 같이 놀고 싶으니까.

그러니까, 열심히 할게.

맡겨줘.

――그렇게.

카이는 메시지를 읽고 마음이 따듯해졌다.

방의 탁상 달력을 슬쩍 봤다.

오늘이 4월 27일. 준의 가족 여행은 5월 1일부터 3일까지라고 들었다.

다시 말해 준이 설득을 성공하고 돌아올 때까지 일주일 동안 참아야 하나…….

"알았어."

혼잣말과 함께 스마트폰을 조작해서 스티커를 보냈다. 테르미누스 에스트가 『당신이 바라는 대로』라며, 어쩐지 득의양양한 표정으로 말하는 스티커.

그러자 준이 간발의 차이도 없이, 아키야마 님의 『맡겨주십시오!』 스티커.

카이도 에스트 바로 근처에 있던, 쿠스노키 유키무라의 『무운을』 스티커.

그것으로 대화를 종료했다.

준은 오늘 이제부터 프린스 선생님에게 수학을 배울 예정이라나.

교원 채용 시험을 경계로 수학과는 인연을 끊은, 사회과 교사의 지도력은 어느 정도일지 상당한 불안은 있는 모양이지만.

끈덕진 설명이겠지만, 준은 주당 다섯 번의 페이스로 집에 놀러왔다.

반대로 말하면, 주당 평균 이틀은 따로 행동한다는 것이었다.

아르바이트가 있거나, 집이나 학교 용건이 있거나, 다른 친구와 쇼핑을 갈 약속이 있거나. 서로의 예정이 맞지 않는 경우도 그야, 있다.

그러니까 준이 없어서 홀로 보내는 휴일이라는 것도, 딱히 이것이 처음은 아니었다.

익숙하지 않을 리도 없었다.

그럴 터다.

"좋—아, 게임하자 게임."

무의식적으로 나온 혼잣말이 묘하게도 공허하게 들리는 것은 어째서일까?

고개를 내저어 그런 쓸모없는 생각을 몰아내고 PS4를 켰다.

WOT의 친척에 해당되는 해전 게임—— "WOWS"의 콘솔판이 이번 달에 마침내 발매되었다. 이 녀석을 위해서 아르바이트 급여를 남겨둔 카이는 골든 위크 중에 원 없이 즐길 예정이었다.

"준보다 먼저 시작하면 내 쪽이 강해져 버리는데—. 이것 참 격차가 생겨버리는데—."

또다시 무의식적으로 혼잣말을 중얼거리며 계정을 만들고 플레이 개시.

하지만—— 불과 30분도 안 되어 질려 버렸다.

아니, 질렸다는 표현에는 어폐가 있다. 어쩐지 집중할 수 없을 뿐. 처음 플레이하는 대전 게임이니까 더더욱 기합을 넣어서 임해야만 하는데 맥 빠지는 침몰을 거듭하는 결말.

"역시 전차랑 상황이 다르구나—. 익숙해질 때까지 시간이 걸리겠는데—.”

대체 누구한테 변명을 하는 것인지 스스로도 알지 못하고 PS4 전원을 껐다.

“좋아—, 영상 보자 영상.”

공부 책상 위에 있는, 낡은 노트북컴퓨터를 켰다.

JJ 씨 A.K.A. “jyunjyun1203” 씨의 최신 몬헌 솔로 영상이 어제 심야에 올라와 있었다.

오호♪ 라며 기뻐서 신나게 재생 버튼을 클릭.

하지만—— 내용이 전혀 머리에 들어오지 않았다.

자신이 멍—하니 있다는 사실을 깨달은 것은, 재생바를 뒤로 돌리고는 다시 보는 과정의 반복. 그러기는커녕 재생바의 구조 때문에 자신이 생각한 시간으로 정확하게 돌릴 수가 없는, 그런 항상 있는 일이 오늘은 참을 수 없이 짜증났다.

답답해져서 노트북컴퓨터를 슥 닫았다.

“좋—아, 라이트노벨 읽자 라이트노벨.”

서점 봉투에서 열 권 가까운 문고본을 꺼냈다. 골든 위크 중에 독파하자는 생각으로 막 사온 것이었다.

그중에서도 처음 펼친 것은 역시나 이번 4월에 발매된, 게다가 마음에 드는 작가의, 기다리고 기다리던 신작 시리즈. 제목은 “황혼의 기사단, 유린, 유린, 유린한다”.

침대에 엎드려서 베개를 배 아래에 깐 릴랙스 자세로 독서 개시.

우선은 유나기 신의 미려한 컬러 일러스트를 핥듯이 관능했다. 행복감과 충실감으로 가득해졌다.

그리고는 본문으로 돌격했다.

하지만── 거기서부터 페이지를 넘기는 손길이 변변히 움직이지 않았다.

조금 읽으면 의식이 산만해지고, 또 조금 읽으면 멈추고, 어라? 어떤 내용이었더라? 라며 다시 읽어도 애당초 어디까지 읽었는지 기억에 없었다.

"끄아아아아, 어쩐지 시시해애애애애."

침대 위에 문고본을 내던지고 말았다. 평소라면 절대로 책을 거칠게 다루지 않는데.

방의 탁상시계를 흘끗 봤다. 오후 두 시.

"……아직 이런 시간인가."

올해는 열흘 연휴라는 슈퍼 골든 위크의, 희망으로 넘치는 첫날인데도 벌써 지루함과 권태감을 느끼고 있었다.

그런 답답할 정도의 무료함이 다음 날도 이어졌다.

그리고 그다음 날도.

"중학생 때까지는 혼자서 노는 게 보통이었는데 말이지─."

침대에 큰대자로 누워서 천장에 붙은 포스터를 멍하니 바라봤다. 칸나즈키 노보루 신이 그린 "고블린 슬레이어"……에 등장하는 네 히로인들이 수영복차림으로 사이좋게 놀고 있었다.
딱히 중학생 때 외톨이였던 것은 아니다. 키시모토 등등 취미가 맞는 친구는 있었다.
하지만 당연하게도 준만큼 매일매일 놀던 것은 아니었다.
다수의 오타쿠 취미는 혼자서 즐기는 것에 적합하니까 그것도 딱히 신경 쓰지 않았다.
하지만 지금은 이제 다른 모양이었다.
자신은 변해버린 모양이었다.
준이라는 엄청 마음이 맞는 녀석과 만나고 말았다.
오타쿠 취미를 함께 나누는 최고의 기분을 알고 말았다.
그저 준과 만날 수 없을 뿐인 나날이 이제는 이렇게나 괴로울 줄은 꿈에도 생각지 않았다.

그리고 다음 날. 그러니까 4월 마지막 날.
이날은 낮부터 아르바이트 시프트가 들어 있었다.
일이라도 하는 편이 그나마 무료를 달랠 수 있을 것이다. 그런 생각을 하며 출근해서, 휴게실 로커에서 느릿느릿 종업원용 앞치마를 둘렀다.
그러자——.
"나카무라 선배님. 저도 전날, 그것을 읽었습니다."
후배 코토부키가 등 뒤에서 말을 걸었다.
그녀는 개점부터 시작하는 시프트라서 지금은 마침 휴식 중.

가져온 도시락을 냠냠 먹고 있었다.

사실은 아까부터 등으로 시선을 느꼈지만 코토부키가 딱히 아무런 말도 안 하니까, 카이도 상대할 기력이 없어서 패스하고 있었다.

하지만 말을 건네었다면 이야기를 다르다.

코토부키 상대라면 평소의, 억양이 부족하고 이상한 존댓말로 응했다.

“그것이라니 무엇입니까, 코토부키 씨?”

“이전에 선배님이 극구 칭찬하셨던 축구 만화입니다.”

“호오, 별일이군요. 코토부키 씨가 스포츠물, 그것도 만화에 흥미를 보이시다니.”

“최근에는 『츠루네』나 『바람이 강하게 불고 있다』처럼 스포츠물이라고 해도 얕볼 수 없습니다―― 애니메이션 이야기입니다만.”

“그렇죠? 코토부키 씨는 틀림없이 만화를 즐기지는 않을 거라 생각했습니다.”

“만화는 금세 끝까지 읽어버리니까 가성비가 나쁜 것이 신경 쓰일 뿐입니다. 이번에는 우연히 남동생이 소유하고 있었기에 저도 손에 들어봤습니다.”

“감상을 물어도?”

“사실대로 말하면 최고였습니다. 주인공이 화살표투성이였습니다.*”

“……저도 이해할 수 있는 감상으로 부탁드려도 되겠습니까?”

---

*특정 인물의 커플링 또는 연애라인을 이야기하는 일본의 표현. 주로 BL쪽에서 더 자주 쓰이는 표현이다.

"스포츠물치고는 드물게 히로인도 귀여웠다고 생각했습니다."
"그렇다마다요! 하물며 시골 출신인, 햇볕에 탄 누님조차 좋았지요."
"동의합니다. 뭐, 저는 하나를 밉니다만."
"안리가 아니라?"
한동안 시선과 시선으로 불꽃을 튀기는 두 사람.
하지만 금세 코토부키 쪽에서 눈을 감았다. 이런 이야기를 하고 싶은 것이 아니었다는 듯.
헛기침을 하고,
"최고의 만화였지만 딱 하나 불만이 있습니다. 물론 어디까지나 제 개인적으로."
"말씀하시죠."
"연애 에피소드가 너무 답답합니다. 주인공이 한 걸음만 더 내딛는 것만으로도 어떻게든 되겠다는, 개운치 않은 느낌을 금할 수가 없습니다. 오히려 하나가 귀여운 만큼 더더욱 안타깝습니다."
"일리 있습니다."
"한 걸음만 더 내딛는 것뿐입니다."
코토부키가 거듭 말했다. 그것이야말로 정말 하고 싶었던 이야기라는 듯.
덕분에 카이는 헉, 놀랐다.
"……너, 에스퍼?"
무심결에 원래 모습으로 돌아와 버렸다.

코토부키는 대답 대신에 흐흥, 살짝 미소를 띠었다.
이 후배답게 건방지고 득의양양한 표정이었다.
"이유는 모르겠습니다만, 선배님이 또 풀 죽어서는 고민하고 있다는 건 보면 알 수 있습니다."
"으아…… 내 표정, 너무 빤해……?"
"자각이 없습니까?"
득의양양하게 야유하자 찍 소리도 나오지 않는 카이.
건방진 이 후배는, 하지만 언제라도 미워할 수가 없는 것이었다.
안색을 살피는 것에 뛰어난 이 두부 멘탈 여자아이한테, 하지만 항상 도움을 받는 것이었다.
길고 깊은 탄식을 한 번, 카이는 앞치마를 벗더니 로커에 넣었다.
집에서 가져온 숄더백을 대신에 꺼냈다.
"나카무라 선배님?"
"내딛고 올게."
카이는 대답했다. 힘은 빼고. 감사는 담아서.
"그게 좋지 않을까요."
"어—, 하지만 점장님한테는 뭐라고 할지."
"**갑작스러운 복통은 어쩔 수 없죠**. 제가 선배님 몫까지 일하겠습니다."
자랑스러워하는 코토부키의 표정에 카이는 놀랐다.
"괜찮아?"

신인 후배를 카이는 걱정했다.

"당연한 일입니다. 저를 누구라고 생각하시는지?"

코토부키는 어디까지고 으흠—, 거친 콧김으로.

"저를 지도해 주신 것은 나카무라 선배님이라고요?"

"이건 한 방 먹었습니다!"

카이도 파안대소했다.

"그럼 코토부키 씨의 말에 감사히 따르도록 하겠습니다."

"감사를 형태로 표현하는 것도."

"다음에, 생각해 두겠습니다.

"기대하고 있겠습니다."

그런 대화를 나누며 카이는 출구 밖으로 나갔다.

스마트폰을 꺼내어 LINE으로 레이나와 연락을 시도하며 서둘러서 달려갔다.

다행히도 오늘은 아직 4월 30일이다.

"주——운——! 노——올——자——!"

현관 앞에서 크게 외쳤다.

마치 동심으로 돌아간 기분이었다.

평범한 주택단지에 있는, 평범한 주택.

카이네 집과 크게 다르지 않은 2층집.

이곳이 미야카와네 집이었다.

오는 것은 처음이었지만 주소는 레이나가 LINE으로 가르쳐주었다.

"주——운——! 노——올——자——!"

"큰소리로 내 이름 부르지 마! 이웃 분들한테 창피하잖아!"

현관문을 벌컥 열고 화난 표정으로 나타난 준이 어깨를 들썩이며 말했다.

"아니, 안 들리는 것 같다고 생각해서."

"들린다고! 나한테도 옷 갈아입을 시간은 줘야지!"

듣고 보니, 준은 점보 사이즈 티셔츠를 원피스처럼 입은 와일드한 모습. 하지만 넓은 옷깃에서는 제대로 브래지어 끈이 엿보였다. 카이네 누나는 집에서 완전 노 브래지어파인데, 준만큼 크면 착용하지 않는 것이 도리어 피곤할 것이다.

"정말~, 나한테 맡기라고 그랬는데. 결국에 와버렸네~."

준이 예쁜 입술을 삐죽였다.

그 모습이었다. 마음속으로는 기뻐하고 있다는 것이 전해졌다.

"카이도 참, 그런 점은 정말로 남자애구나?"

"난 모르겠는데."

"어쨌든 들어올래? 다만 얻어맞을 것 같다면 바로 도망쳐."

준이 그렇게 경고해도 당당하게 안으로 들어갔다.

오늘을 놓친다면 미야카와네 집은 가족 여행을 가버린다. 그리고 카이는 애타는 나날을 사흘 더 보내는 신세가 된다. 도망칠 수 있겠느냐.

일본식과 서양식이 절충된 현관 안에서는 프린스 선생님이 우뚝 서서 기다리고 있었다.

휴일에도 전투복처럼 빈틈없이 입은, 풀을 잘 먹인 와이셔츠와 슬랙스.

이 소동을 들었으니 역시나 즉시 대응.

시멘트 바닥에 선 카이를 한 칸 위의 복도에서 노려봤다.

준은 들어오라고 그랬지만 프린스 선생님은 들여보내지 않겠다는 생각이 가득한 모습이었다.

"동생과의 교제는 인정할 수 없다고 그랬지? 너는 남의 이야기를 못 알아듣는 거냐, 나카무라?"

거만하게 팔짱을 끼고 야유했다.

카이는 신발도 벗지 않고, 올려다보고, 노려보고, 말대답했다.

"친구네 집에 놀러왔을 뿐인데 그게 뭐가 잘못인가요?"

도발할 생각은 아니지만 그런 말투가 되어버렸다.

여기까지 와서 우물쭈물 서두는 필요 없다. 머뭇거리는 전개는 필요 없다.

"잘도 지껄이는구나, 나카무라."

프린스 선생님의 이마에도 시퍼런 핏대가 잔뜩 섰다.

자, 승부다!

숨을 삼킨 준이 조마조마해서는 지켜보는 가운데——.

카이와 프린스 선생님의 설전이 막을 올렸다.

"친구네 집에 놀러왔을 뿐이라고? 뻔뻔스러워!"

"하지만 그게 사실이니까요?"

"거짓말을 할 거라면 좀 더 머리를 써서 하라고. 누가 그런 졸렬한 변명을 믿겠어?"

"선생님이야말로 뭘 근거로, 저랑 준이 사귄다고 말하는 거죠? 설마 소문을 곧이곧대로 받아들이나요? 아니, 설마. 선생님 같은 성직자가 말이죠. 그럴 리가 없지."

"나도 어제, 조금은 조사해 봤어! 너, 방과 후에는 거의 매일, 준이랑 같이 있었다고 그러잖아. 준이 너네 집으로 갔다고 그러잖아. 이런 이야기, 사귀는 사이도 아닌데 말이 되냐고!"

"일방적인 단정이라고 생각하는데요―? 친구 사이에 매일 같이 있다는 게 그렇게나 이상한가요―?"

"너는 남자고 준은 여자야!"

"호오―. 즉 남녀 사이에 우정은 성립되지 않는다는 말씀이신가요―? 그렇게 단정하는 건가요―?"

"……우리 준은 어마어마하게 귀여워. 내 눈에만 그런가?"

"아니, 저도 엄청 귀엽다고 생각하는데요?"

"그럴 줄 알았어! 자백했구나, 바보 자식. 그것이 나카무라, 네 속마음이다! 이런 귀여운 준을 앞에 두고, 사귀고 싶다는 생각을 안 할 남자는 없어! 맛있어 보이는 고기를 앞에 두고 물어뜯지 않는 늑대는 없어! 고등학교 남학생 따윈 죄다 짐승이니까! 나도 남자니까 알아!"

"거짓말이에요! 남자는 그렇게까지 천박한 생물이 아니니까요! 아무리 준이 귀엽다고 해도 이성을 못 지킬 일은 없어요!"

"그냥 귀여운 게 아니라 엄청나게 귀여운 준이라면 어떠냐?!"
"준은 확실히 세상에서 가장 귀엽지만 결론은 변함없어요!!"
카이는 외쳤다.
프린스 선생님의 담력에 지지 않도록, 확실하게 외쳤다.
옆에서는 준이 여봐란 듯이 얼굴을 붉히고 "이제 알았으니까" "나, 귀엽다는 거 알았으니까" "그러니까 이쯤에서 그만 좀 해주세요" "아으아으"라며 두 사람을 상대로 허둥댔지만, 설전에 집중하고 있던 카이의 시야에는 들어오지 않았다.
"——반대로 물어봐도 될까요, 선생님?"
그렇다, 극한까지 집중하고 있었다.
반격을 위한 불을 댕겼다.
"뭐지? 학생의 질문에 대답하는 건 교사의 역할이야."
"선생님은 여자들한테 엄청 인기가 있죠?"
"……고맙게도 말이야. 하지만 남자를 소홀하게 대하진 않으려고 해."
"그러니까 여자한테 인기 있다는 자각이 있다는 거죠?"
"표현에 악의가 있어!"
"여자한테 인기 있는 프린스 선생님은, 그럼 마음대로 골라 집을 수 있는 상태인가요—? 잔뜩 유혹을 받고 있나요—?"
"뭐!!! 웃기지 마! 농담이라도 입에 담지 마! 학생한테 손을 대는 교사가 어디 있겠어!"
어지간히도 모욕적으로 받아들였는지 프린스 선생님은 진심으로 얼굴을 붉히며 화냈다.

"하지만 남자는 다들 짐승이잖아요—? 늑대잖아요—?"

카이는 지금이라는 듯이 능청거리는 표정으로 말꼬리를 잡아서 도발했다.

게다가 표정 모델은 완전 짜증 모모코.

"나는 어엿한 교사야! 사춘기 한복판인 애송이랑 똑같이 취급하지 마!"

"그러니까 이성을 지키는 건 당연하다고 말씀하시는 거죠—?"

"그래, 그렇게 말하는 거야!"

프린스 선생님은 진지한 표정으로 진지하게 외쳤다.

역시 좋은 선생님이었다. 고등학생—— 카이를 진지하게 상대해주고 있었다.

그러니까 이쪽도 표정을 단단히 다잡았다.

겉멋을 부리려고 하는 충동이나 도발을 위한 연기 따윈 모조리 걷어치우고, 속마음을 고스란히 드러내는 것 같은—— 진지한 표정을 띠었다.

"저도 당신을 모욕하고 싶지는 않아요!"

마음속 깊은 곳에서 나오는 외침을 토로했다.

그리고 한순간 겁먹은 프린스 선생님을 다그쳤다.

"준은 귀여워. 어어어엄청나게 귀여워. 아마도 세상에서 제일 귀여워.

하지만 저는 준을 애인이라고 생각한 적은 없어요.
그게 말이죠, 준은 친구니까!
사귀는 것보다 친구로 지내는 편이 틀림없이 더 좋으니까!!"

뱃속 깊은 곳이 뒤집힐 만큼 전부 다 꺼내고, 외치고, 카이는 어깨를 들썩였다.

돌아보면 이번 4월에는 정말로 많은 일이 있었다.

예를 들면——.

"너는 준에게 어울리지 않아"라며 레이나가 트집을 잡았다.

"그거, 선배를 남친이라 착각하는 겁니다"라며 코토부키가 조언해 줬다.

두 사람 덕분에 깨달았다.

남친이니 여친이니, 귀찮아아아아아아아아아아.

친구로 지내는 편이 만 배는 나아!!

그리고 이 깨달음이 있었기에—— 카이는 오늘 이 자리에서 크게 외칠 수 있었다.

프린스 선생님을 상대로, 정면에서 설득에 나설 수 있었다.

우리는 그냥 친구인데요!

친구니까 연인보다 사이가 좋은데요!

Illustrations © mmu

그렇게, 가슴을 펴고 외칠 수 있었다.
말해야 할 것은 이미 전부 말했다.
이제는 거꾸로 털어도 더는 안 나온다.
이 이상 반론 당한다면 솔직히 힘들다.
힘들지만 기력만큼은 질 수 없다.
프린스 선생님을 노려봤다.
가슴을 젖히고 굳건하게, 준의 보호자 대역의 대답을 기다렸다.
정신이 들자 준이 바로 옆에 붙어 있었다.
함께 고개를 끄덕이는 대신에, 둘이서 한순간 아이콘택트를 나누고 함께 기다렸다.
프린스 선생님은.
과연——.

프린스 선생님—— 미야카와 프린스가 결혼한 것은 스물여섯 때였다.
교원 채용 시험에 합격하고, 대학교를 졸업하고, 현립 고등학교의 임시 교직원으로 여기저기에 부임하거나 대기 명령을 받거나, 무기력하게 반복하는 사이에 그런 나이가 되었다.
하지만 그때 운 좋게 정규 교직원으로 채용되어 생활이 갑자기 안정되었다.
오랫동안 사귀던 여자친구에게 프러포즈를 할 이유로는 충분했다.

상대는 대학교 1학년 때에 동아리에서 알게 된 동기.

처음에는 친한 친구가 되고, 천천히 서로가 연심을 품고, 대학교 2학년 여름에 프린스 쪽에서 고백했다.

그 이후로 한 번도 헤어지지 않고 현재에 이르렀다.

그만큼 마음이 맞는 상대냐면── 사실은 그렇지도 않았다.

대학을 졸업한 뒤에는 타성적으로 동거 생활을 계속했을 뿐이었고, 프러포즈를 한 것도 그저 남자로서 가진 책임감의 발로였다. 연애 감정은 진즉에 식었다.

아내로 맞은 여성 쪽에서도 해가 갈수록 불평불만을 흘리게 되었다.

공립학교의 정규 교직원이라는 직종은 어쨌든 바빠서 귀가가 늦어지는 경우도 일상다반사. 그만큼 부부가 함께 보내는 시간은 격감. 그 사실에 이러니저러니 책망을 당했다.

"나랑 일, 어느 쪽이 중요해?"라는 말, 몇 번을 들었던가.

"나도 여자라고? 네 가정부가 아니라고?"라는 야유, 몇 번을 들었던가.

"나도 알아! 하지만 나는 교사라고!"라는 말, 몇 번이나 외치고 싶었던가.

외치면 끝임을 알고 있기에 계속 참았을 뿐.

준이 사립학교에 들어가겠다고 그래서 처음으로 아사기에 흥미를 가졌다.

조사해 봤더니 교사의 숫자를 충분히 확보해서 하나하나의 부담이 가볍다는 사실을 알았다.

채용 시험은 힘들지만 악착스럽게 다시 공부해서 정식으로 아사기의 신임 교사가 되었다.

공립학교 시절보다 시간에 여유가 생기고 아내와 함께 보낼 수 있는 시간도 늘어서, 이것으로 가정도 원만하리라 안도하던 것도 잠깐――.

같은 반 학생에게 폭행을 당하던 카이를 케어하기 위해 잔업을 사서 하고, 그 결과로 아내와의 식사 약속을 깨고 말아서 그녀의 노여움마저 사게 되었다.

프린스도 결코 자신이 나쁜 짓을 했다는 생각은 없었고, 카이를 케어한 것에 대한 후회는 당연히 없었다. 이번만큼은 화내는 아내에게 반론을 하는 바람에 그것이 부부싸움으로 발전하고 아파트에서 쫓겨나는 신세가 되었다.

그런 상황에서, 오늘 일이 벌어졌다.

나카무라 카이는, 자신이 모르는 사이에 여동생의 마음을 훔친 이 남자는, 뻔뻔스럽다고도 여겨지는 당당한 태도로, 목청껏 지껄여주셨다.

사귀는 것보다 친구로 지내는 편이 틀림없이 더 좋으니까――.

솔직히 마음에 박혔다.

돌이켜볼 수밖에 없었다. 아내와 막 만났던 그때. 그저 친구였던 시절.

정말로 매일이 즐거웠다.

그로부터 1년 반이 지나고 정식으로 애인이 되었을 무렵에도 행복했다. 충실했다.

하지만 금세 권태기를 맞이하고, 그 후로는 완전히 엉망이었다.

생각해보면 그녀와 지낸 11년 동안, 즐겁지 않았던 시간이 훨씬 길었다. 많았다.

혹시 교제하지도 결혼하지도 않고 그저 친구였다면, 또 다른 결과였을까?

계속 즐겁기만 한 관계로 지낼 수 있었을까?

실제로 프린스에게도 지금도 사이가 좋은 대학 시절의 친구들이 적으나마 있었다.

더더욱 소수지만 친구들 중에 여자도 있었다.

"…………."

이제까지 무의식적으로 생각하지 않으려고 했던 것일지도 모른다.

"……………………."

하지만 카이 때문에 생각하고 말았다.

"……………………………."

그러니까──.

◇◆◇

"……………………………………………………………………."

침묵. 그리고 장고.

프린스 선생님은 카이를 여전히 노려보며, 계속 입을 횡일자로 꾹 닫고 있었다.

그 무거운 입이, 간신히 열렸다.

카이는 마른침을 삼켰다.

준과 함께 들었다.

"네 주장은 알았다. 나카무라."

듣고, 주먹을 불끈 쥘 뻔했다.

"하지만 그래봐야 고등학생 애송이의 주장이야. 그저 핑계라는 게 뻔히 눈에 보여. 언제 이성이 본능에게 패배할지 어떻게 알겠어."

"오빠, 적당히 해! 들을 생각조차 없잖아!"

"준은 지금 끼어들지 마!"

옆에서 지원 포격을 날려준 준에게 프린스 선생님이 일갈하여 입을 다물게 만들었다.

그래서 카이가 한 걸음 앞으로 나서서 싸웠다.

"아까부터 애송이, 애송이. 너무하잖습까. 그래서는 이야기가 안 되잖습까."

"그러니까 나는 그렇게 말하는 거야."

프린스 선생님은 사납게 웃었다.

그리고 계속 말했다.

"이야기가 안 된다. 그러니까 나카무라── 네가 더 이상 애송이가 아니라면 실력으로 증명해봐라."

"서서서서서서설마 싸움임까까까까까까까?!"

카이는 곧바로 당황했다.

얻어맞을 것 같다면 도망치라고, 준이 그러던 것을 떠올렸다.

나는 한 달에 만 번을 때리는 남자라고? 마음속으로 그리 허세를 부려 봐도 겁먹고 주춤하는 모습은 감출 수 없었다.

그러자,

"멍청이. 교사가 학생을 상대로 폭력이라니, 언어도단이야."

지레짐작 말라고, 프린스 선생님의 사나운 미소가 쓴웃음으로 바뀌었다.

그리고는,

"준한테 들었다고? 너, 꽤나 한다고 그러잖아."

프린스 선생님은 바지 주머니에 손을 넣고 무언가를 스윽 꺼냈다.

세상에나—— 휴대용 게임기, Switch였다.

"그거 항상 가지고 다님까?!"

"남자의 소양이지."

참지 못하고 딴죽을 걸자 프린스 선생님은 진심인지 농담인지 모를 태도로 긍정.

"뭐, 하지만—— 남자의 소양이군요."

그렇다면 이쪽도 숄더백에서 스윽, 마이 Switch를 꺼냈다.

"호오. 가져왔나, 나카무라."

"당연하죠. **친구네 집에 놀러왔으니까.**"

"그렇군, 이치에 맞아."

프린스 선생님이 마치 호적수와 마주보듯이 눈을 가늘게 떴다.

"괜찮겠지, 집으로 들어와. 그리고 나랑 이 녀석으로 승부해."

"제 실력을 보여주면 되는 거군요?"

턱을 치켜 올린 프린스 선생님을 따라서 카이는 신발을 벗고 들어갔다.

처음으로 준네 집에 왔다.

"잠깐만! 오빠, 엉망진창이잖아. 카이도 도발에 넘어가지 마!"

"괜찮잖아, 딱히 싸우는 것도 아닌데 뭐. 우리는 게임을 할 뿐이야."

말리려고 나서는 준에게 걱정하지 말라며 고개를 가로저었다.

"정말이지! 또 폼이나 잡고…… 어떻게 돼도 난 모른다!"

준은 예쁜 입술을 삐죽였다. 이번에는 진심으로 어이가 없다는 태도였다.

그러면서도 옆으로 다가와 주었다. 계속 같은 편으로 있어주었다.

결전의 장소는 거실로 정해졌다.

프린스 선생님이 내어준 쿠션에, 바로 마주보고 앉았다. 부정은 없는지 서로가 체크할 수 있도록 굳이 이마를 맞대는 것 같은 거리감이었다.

준은 물론 카이 바로 옆. 오빠에게 거스를지라도 함께 싸워주겠다는 의사표시.

대치하는 프린스 선생님은 그런 여동생의 태도를 보고 어쩐지 토라진 것처럼 머쓱해했다. 하지만 금세 엄격하게 표정을 다잡더니 쿠션에 양반다리로 앉아서 선전포고했다.

"게임은 '몬헌 XX'. 승부 내용은 '누가 먼저 신멸인 디노발드 G5 퀘스트를 클리어하느냐'로 어때?"

"……솔로라면 힘든 내용인데, 선생님은 괜찮습까?"

카이는 월드가 아닌 몬헌은 한동안 접하지 않았기에 솔직히 클리어 여부는커녕 수레를 세 번 타고 아웃될 수도 있는 난이도의 퀘스트였다.

하물며 게임에 몰두할 수 없을 어른이 과연 따라올 수 있을까?

"흥. 내 몬헌 이력을 얕보지 말라고, 애송이."

프린스 선생님은 또다시 사납게 웃었다.

마츠다 일당에게 "싸움을 걸 상대를 그르치지 마"라고 말했을 때를 방불케 했다.

"나한테 몬헌을 가르쳐 준 게 오빠야. 진짜 강하니까 조심해."

준까지도 심각한 말투로 충고해 주었다.

'이거, 더더욱 방심할 수 없겠는데.'

카이는 마음을 다시금 다잡았다.

Switch 전원을 켜고 자신의 계정과 몬헌 XX를 선택.

게임을 시작하고 타임어택을 위한 장비를 신중하게 골랐다.

옛날에 몰두했던 시리즈니까 없는 장비나 부족한 아이템은 없었다.

"무기는 물론 수 속성으로 갈 거지?"

“그래. 쌍검으로 갈게.”

“그럼 ‘이명 미츠네 무기’보다 ‘가노스마체테’일까.”

“그러네. 내 플레이 스타일에 맞아.”

휴대용 게임기 한 대, 작은 화면 하나 앞, 준이랑 둘이서 얼굴을 맞대고 논의했다.

시스콘 선생님이 또다시 불만스러운 모습이었지만, 무시라고요 무시.

“방어구는 ‘신멸인 세트’?”

“하지만 뭔가 스킬을 채우고 싶어. 커스터마이즈하고 싶어.”

“‘연격의 심득’이라든지?”

“……응. 역시 그게 정석이겠네.”

머리만 건너 쪽을 사용하고 몸통은 “GX크샤나딜”로 변경. 이것으로 방어에 더해서 강력한 화력 스킬을 발동할 수 있었다.

“아, 하지만 카이. ‘정령의 가호’가 없어져버렸는데.”

“이럴 때는 상관없어!”

주의를 주는 준에게 기세 좋게 대답을 하며, 이어서 스타일을 “부시도”로 선택.

하지만 수렵 기술을 어떻게 하느냐, 그 시점에서 카이의 손가락이 멈췄다.

“화력을 찍는다면 ‘짐승 깃들이기【아랑】Ⅲ’ 하나인데…….”

“나는 ‘절대회피’ 추천.”

하이 리스크 하이 리턴보다도 안전책을 찍으라고 강하게 진언해 주는 준.

이 게임은 몇 번이고 같이 했던 사이다. 카이의 플레이스타일 습관이나 취향에 이르기까지 자세히 아는 든든한 파트너의 조언이었다. 결코 넘길 수 없는 금언이었다.

"자신의 솜씨를 과신하지 않는 건 일류 헌터의 절대조건인걸."

카이는 더 이상 망설이지 않고 수렵 기술을 "절대회피"로 설정했다.

마지막으로 가져갈 아이템을 준비.

"쿨드링크는?" "오케이. 넣었어." "강주약은?" "그레이트 넣었어." "에너지 드링크는?" "강주 있으니까 필요 없어." "아, 그런가. 그럼 회복약도 비약만 넣으면 되겠네." "조합용도 넣을게." "조합서 잊지 말고." "오케이. 챙겼어."

소지 아이템을 깜박하는 것은 몬헌에서 흔한 실수다. 절대로 그런 실수가 없도록 준이 확인 작업을 도와주었다.

그동안에 계속 프린스 선생님이 "……너희 둘, 상상 이상으로 사이가 좋네" "……거리가 좀 가깝지 않나?" "……설마 나한테 보여주려고 그러는 건 아니겠지?" 등등, 잔소리인지 불평인지 모를 소리를 계속 꺼냈지만 카이랑 준의 귀에는 더 이상 닿지 않았다.

완전히 두 사람의 세계로 들어갔다.

그래서——.

"……준비는 됐나, 나카무라?"

그리 확인하는 프린스 선생님이 더없이 성난 표정이 된 이유에 대해서, 카이는 전혀 짚이는 바가 없었다.

"예!"

그저 기운차게 대답을 했다.

준이 계속 곁에서 협력해 준 덕분에 자신을 가지고 대답할 수 있었다.

"……그럼 퀘스트를 수주해."

"알겠습니다!"

먼저 준비를 마친 프린스 선생님의 말에, 카이는 플레이어 캐릭터를 주점으로 보냈다.

'——아니, 그 전에 선생님 장비를 체크할까.'

가늘게 뜬 눈을 날카롭게 빛내는 카이.

그를 알고 나를 안다면 백전불태.

정정당당하게 화면을 보여주는 프린스 선생님의 Switch를 반대쪽에서 주목했다.

그리고 믿을 수 없는 것을 목격했다.

"아아…… 아아아아…… 아아아아아아……!"

놀란 목소리가 마치 비명처럼, 카이의 입에서 제멋대로 흘러나왔다.

그만큼 충격적이었다.

그만큼 깜짝 놀랐다.

이 초고난도 퀘스트를 앞두고, 프린스 선생님이 대체 어떤 강한 장비로 임할 것인가, 승부욕과 호기심에 들여다봤더니——.

세상에나, 알몸 랜스였던 것이다…….

"말도 안 돼, 말도 안 돼…… 말도 안 돼…… 말도 안 돼……!"

혼란스러운 나머지 더 이상 아무런 생각도 할 수가 없었다.

"진정해, 카이! 오빠의 술책이야!"

준이 열심히 타일러 주지 않았다면 싸우기도 전부터 패배했을지도 모른다.

그만큼 카이의 동요는 심상치 않았다.

하필이면 알몸 랜스라니!

이 괴물을 상대로, 설마 하필이면 알몸 랜스라니!

마치 신마저도 두려워하지 않는 소행이 아닌가……!

"제정신인가요, 선생님?!"

"흥, 당연하지. 학생을 상대로 어른스럽지 못한 짓을 할 수 있겠냐. 핸디캡이야, 핸디캡."

"이 어찌나 무서운 사람인가요, 선생님은!"

전율을 금할 수가 없다는 말은 바로 이것을 가리키는 것이 아닐까.

옆에서 준이 "알몸 랜스로 싸우는 걸 보여주는 게 오히려 어른스럽지 않은 거 아냐?"라며 딴죽을 걸었지만, 뜨거워진 카이의 귀에는 더 이상 닿지 않았다.

"자, 승부다! 나카무라!"

"아, 예!"

정신 허탈 상태가 된 카이는 마치 명령에 따르듯이 퀘스트를 시작하고 말았다.

마음과 몸이 제각각인 상태 그대로, 손에 밴 동작으로 쿨드링크를 마시고, 강주약 그레이트를 마시고, 용암도에서 이명 디노발드와 정면으로 마주했다.

——하지만 카이가 할 수 있었던 것은 거기까지였다.

더는 플레이를 속행할 수 없었다.

'그게 말이지, 알몸 랜스가 신경 쓰여서 참을 수가 없다고오오오오오!'

정말 그런 장비로 신멸인한테 이길 수 있나?

사실은 게임을 잘 모르는 어른의 실수가 아닐까?

자기 사냥은 내팽개치고 프린스 선생님의 플레이에 주시하고 말았다.

결과부터 말하면——.

프린스 선생님은 신멸인 이상의 괴물이었다.

상대인 이명 몬스터 특유의 맹공을 모조리 저스트 가드!

완벽한 타이밍 판단으로 흘리고, 반대로 통렬한 카운터를 펼쳤다.

설령 알몸일지라도 "맞지 않으면 아무것도 아니다"의 정신으로 헤치고 헤쳐 나간다.

한 번의 실수만으로도 베이스캠프행인데, 그런 실수를 할 기척이 없었다.
그야말로 초절기교의 슈퍼플레이!

'이런 건 마치 JJ 씨잖여…….'
이길 수 있을 리가 없잖여, 반사적으로 그리 생각하고는 퍼뜩 알아차렸다.
쭈뺏쭈뺏—— 정말로 쭈뺏쭈뺏, 프린스 선생님이 조작하는 헌터의 이름을 확인했다.

"jyunjyun1203".

카이가 동경하고 5년 전부터 팬이었던, 동영상의 주인공과 같은 이름이었다.
'말도 안 돼애애?! 설마 그럴 리가아아아아?!'
화면에서 번쩍 고개를 들고 준에게 눈으로 호소했다.
"바로 그 설마야."
준은 곤란하다는 듯한 미소를 띠고 카이의 의심을 떨쳐냈다.
그래서 "어떻게 되어도 모른다", 그리 충고했다고.
그리고 프린스 선생님의, 닉네임의 유래까지 설명해주었다.
"내 이름(純純)을 일반적인 독음으로 하면 쥰쥰이고, 생일이 12월 3일이니까."
"더없는 시스콘이잖아!"

설마 진짜였다니.
진짜 JJ 씨가 이런 곳에 있었다니.
이제껏 동경했던 동영상의 주인공이 펼치는 플레이를 잡아먹을 듯이 바라보는 카이.
이제는 몸을 던져 절하고 싶은 기분이었다.

화면 안에서 최강 헌터 "jyunjyun1203"이 차례차례 나타나는 디노발드를 몰살시켰다.
"뭐, 이 정도겠네."
토벌을 마친 프린스 선생님이 깊고 긴 한숨을 내쉬었다.
역시 '그'로서도 알몸 랜스는 극한의 집중을 요구하는 일이었으리라. 플레이 중, 이쪽의 상태 따윈 안중에 없었나보다.
"그래서? 그쪽 상황은 어때, 나카무라?"
그러면서도 자신의 흔들림 없는 승리를 확신한 표정으로, 프린스 선생님이 확인했다.
"진즉에 수레 세 번 탔습니다!"
카이는 참으로 멋진 표정으로 엄지를 세웠다.
프린스 선생님은 한순간 말을 잃고.
"……그러니까 내가 이겼다고 하면 되겠네?"
"예, JJ 씨한테 이길 수 있을 리가 없습다!"
카이는 멋진 표정 그대로 즉답했다.
졌다고 하면서도 히죽대는 표정을 참을 수가 없었다.
그게 말이지, 깨닫고 말았으니까.

미야카와 프린스라는 인물은, 마츠다한테서 자신을 구해 준 이 선생님은, 계속 동경했던 JJ는, 역시 좋은 남자라고. 카이가 기대하던 그대로인 남자라고.

그렇다——.

프린스 선생님은 "실력을 보여라"라고 말했다. 도발을 걸었다.

하지만 "네가 진다면 준이랑 두 번 다시 만나지 마라"라는 부류의 약속은 결코 꺼내지 않았다.

JJ 정도의 실력자라면 자신이 이긴다는 사실은 빤히 알고 있었을 텐데 말이다.

그러니까 바로 그 부분에, 프린스 선생님의 다정함이나 의협심이 숨겨져 있었다.

그래서 카이는 지고서도 웃을 수 있었다.

"승부는 이제 됐고, 저랑 놀아주세요, JJ 씨! 초특수허가 디노 가죠, 디노!!"

"아니, 너 말이야……. 조금 더 물고 늘어진다든지 선전한다든지——."

"파티를 맺어 준다면, 다음에야말로 제 실력을 보여드릴게요! 준의 사소한 실수를 몇 번이고 구해낸 제 분진 젠틀맨 힐러 모습, 기대해 주세요!"

"…………."

카이의 놀자놀자 대공세에 프린스 선생님은 이미 입을 떡 벌리고 있었다.

"잠깐만! 그럼, 나도 사냥할래!"

"그래, 준도 Switch 가져와!"

준이 기뻐하며 거실에서 뛰쳐나가서는 3인 사냥을 위한 준비에 착수했다.

한편으로 프린스 선생님은 아직도 입을 크게 벌린 상태로 굳어 있었다.

"어, 어라……? 안 놀아주는 겁까?"

"……이미 승부는 끝났잖아? 그렇다면 돌아가."

"저, JJ 씨의 슈퍼플레이를 계속 동경했습다! 한 번이라도 되니까 같이 플레이했으면 좋겠다고 생각했습다!"

"음……."

"부탁드립니다! 평생에 한 번이면 되니까!!!!"

"……솔로가 아니면 몬스터의 거동을 컨트롤할 수가 없는데?"

"그럼 알몸 랜스는 그만둠까?"

"……바보 같은 소리 마. 그래서는 내가 금방 토벌해 버려서 놀이가 성립되질 않겠지."

프린스 선생님은 퉁명스럽게 말했다.

하지만 같이 놀아주겠다고도 말해 주었다.

"정말이지, 어쩔 수 없는 녀석이네."

그렇게 투덜거리면서도 어울려주는 것은 프린스 선생님이 한 사람의 게이머이기 때문이리라.

어제의 적은 오늘의 친구——뭐, 정말로 전쟁이었다면 틀림없이 불가능하다.

그러니까, 게임 최고!

"아아아~, JJ 씨랑 사냥을 갈 수 있다니 영광이야~. 아, 죄송하지만 뒤에서 베다가 넘어트릴 수도 있는데요?"

"그건 절대로 용서 못 해."

그런 대화를 나누는 사이에, 준이 허둥지둥 자기 Switch를 들고 돌아왔다.

카이가 초특수허가 퀘스트를 수주하고 셋이서 돌격했다.

프린스 선생님은 역시나 멋진 싸움을 선보여 주었지만, 오랜만에 플레이하는 두 사람은 기진맥진했다.

큰 실수를 저지르고, 크게 웃었다.

프린스 선생님을 뒤에서 베어서 쓰러뜨렸을 때는 진짜로 화를 냈다. 어른스럽지 못한 사람이었다.

하지만 그것도 나중에 셋이서 떠올리고는 웃음을 터뜨리고 마는 액시던트.

시간도 잊고서 놀기를 얼마간——.

정신이 들자 시곗바늘이 저녁 여섯 시를 가리키고 있었다.

그것을 보고 프린스 선생님이 사냥이 적당히 끝난 참에 슥 일어섰다.

"선생님?"

"오늘밤에는 아내랑 약속이 있다는 게 떠올랐어."

"어, 오빠, 그런 이야기를 했던가?"

"떠올랐어!"

그리 주장하고 프린스 선생님은 거실을 떠나려고 했다.

카이와 준을 단둘이 남겨두고.

어, 괜찮아?!

"저녁은 내 몫을 먹고 가, 나카무라. 렌지로 데우기만 하면 되도록 해뒀으니까."

문손잡이를 잡고, 이것도 생각이 났다는 듯이 말하는 프린스 선생님.

대체 무슨 바람이 불었냐며 준과 함께 수상쩍게 여겼다.

프린스 선생님은 이쪽의 마음을 아는지 모르는지.

"제한시간은 아홉 시까지야. 알겠지? 오늘밤에는 다른 가족들도 안 돌아오지만—— 내 신용을 배신하지 말라고, 나카무라?"

"아, 예."

엄한 말투로 못을 박자 반사적으로 고개를 끄덕이고 말았다.

그래서 그 후에야 프린스 선생님이 건넨 말의 의미가 머릿속으로 들어왔다.

어? 어? 어어어어?

그런 늦은 시간까지 준이랑 놀고, 밥 먹고 돌아가도 정말 괜찮아?

'배신하지 말라니…… 나를 신용해 주는 거야?'

결국에 프린스 선생님이 기대한 것 같은 실력을 보여주지는 못했는데, 대체 무슨 일이 벌어진 것인가——.

◇◆◇

'대체 무슨 일이 벌어진 것인가—— 그런 표정이네, 나카무라.'

문손잡이를 붙잡은 상태에서 고개를 돌려 카이의 표정을 보고, 프린스는 마음속으로 득의양양하게 웃었다.

내막을 밝히자면, **준과의 사이는 진즉에 인정했던** 것이다.

"사귀는 것보다 친구로 지내는 편이 틀림없이 더 좋으니까!!"라고.

카이가 던진 그 말에는 솔직히 마음을 움직이는 것이 있었다.

두 사람의 건전한 관계에도 납득이 갔다.

하지만 솔직하게 인정하는 것은 분했다.

애송이한테 설복당한다니 화가 났다.

그래서 트집을 잡고, 승부니 신멸인 토벌이니 끄집어낸 것에 불과했다.

프린스가 가장 잘 하는 몬헌으로 박살내주자고 보복을 계획했을 뿐.

이런 게임으로 승부한다고 해서 대체 그 인물의 무엇을 헤아릴 수 있겠는가.

게임은 어디까지나 유희이기에 가치가 있고, 결코 실제 인생에서 소중한 것을 걸 만한 일은 아니다. 프린스는 뼛속까지 게이머이기에 그리 생각했다.

게다가 무엇보다도 몬헌 장비를 두고 논의하는 두 사람의, 그렇게까지 친근한 모습을 보여주고서는 대체 어쩌라는 말인가!

타인이 참견할 수 있겠나, 그런 거!

그리고, 다시 말해서──.
여동생과의 사이를 인정해 버린 시점에서, 실제 인생의 중요한 것을 건 승부는 진즉에 패배한 것이었다.
나카무라 카이의 기개가 승리한 것이었다.

'하지만 뭐, 나카무라의 게이머 기질도 대단했지만, 말이야.'
다시 생각하고 프린스는 쓴웃음이 나왔다.
준과의 사이를 인정할 수 없다고, 카이를 상대로 상당히 심술궂게 굴었다는 자각은 있었다. 그럼에도 카이는 전혀 싫어하거나 원한을 가지지도 않고 놀자며 말을 꺼냈다.
그때는 역시나 놀랐다.
이 어찌나 순수한 녀석이냐고, 입을 떡 벌렸다.
하지만 이런 녀석이니까 엄청나게 귀여운 여동생을 앞에 두고서도 이성을 잃지 않는 것일지도 모른다.
애송이는 틀림없지만 재미있는 녀석이라고 생각했다.
대단한 녀석이라고 생각했다.
그렇기에 다음이야말로 이기고 싶다, 진심으로 그리 생각했다.
물론 게임의 승부 따윈 프린스에게 아무래도 상관없었다.
도전해야 하는 것은 실제 인생에서 중요한 것을 건 승부.
다시 말하지만, 카이는 호언장담했다.
"사귀는 것보다 친구로 지내는 편이 틀림없이 더 좋으니까!!"

──라고.

프린스로서도 납득이 가는 신념이었다.

하지만 계속 지고만 있을 수 있겠느냐.

분하게 여기고, 시시한 보복으로 마무리할 수야 있겠느냐.

그러니까 말해주는 것이다.

다음에는. 언젠가는.

자신이. 재미있는 녀석과 소중한 여동생에게.

"친구 관계보다도 부부 관계가 틀림없이 더 좋다"──라고.

그러니까 더 이상 본가에 있을 수는 없었다.

아파트── 두 사람의, 사랑의 둥지로 돌아가서 우선은 아내와 화해하는 것이다.

프린스 선생님은 정말로 돌아가 버렸다.

카이는 준과 단둘이서 미야카와네 집에 남겨졌다.

사실은 함정 아닐까?

금세 돌아와서 "불순 이성 교제를 하는 나쁜 아이는 없느냐—" 라며 귀신으로 변신하는 것이 아닐까?

카이는 처음에 그리 경계했지만 완전히 기우였다.

"하~, 맥이 빠지네."

"그래, 맥이 빠지네."

준이랑 둘이서 마음을 놓고, 그리고는 바보처럼 함께 웃었다.
웃음소리가 그친 것은 준의 스마트폰이 벨소리를 울렸기 때문이었다.
"오빠가 LINE 보냈어."
"선생님, 뭐래?"
"카이한테 12일 일요일에 한가하냐고 그러는데?"
"예정은 없는데?"
"그럼 또 우리 집으로 오래. 셋이서 놀자고 그러네."
"엄청 부끄럼쟁이네, 선생님."
"설마 이럴 줄은 몰랐어, 오빠가."
"그보다도 굳이 LINE으로 안 해도, 아까 직접 말하면 됐잖아."
"부끄러운 걸 감추려는 거 아냐―?"
"멋진 어른이라더니 완전 거짓말이잖아."
"진짜, 진짜. 오빠는 말이지―, 내버려두면 촌스러운 대사를 연발하잖아?"
"나도 알겠어. 웃기지."
카이는 함께 병원에 갈 때에 차 안에서 나눈 대화나, 오늘 별 생각 없이 나눈 대화를 하나하나 떠올리고 수긍했다.
"그거 선천적이라서 말이지―, 근데 그걸 반대로 의식해 버리면 엄청 부끄러워하거든."
"공방 패러미터가 편향된 사람이구나―."
"그렇지? 전혀 멋있지 않잖아? 우리 오빠."
"확실히! 얼굴은 멋진데 말이야!"

또 둘이서 웃음이 그치질 않았다.
그대로 준이 물었다.
"밥 먹을래? 게임 할래?"
"그야 게임이 먼저지!"
"마리오 카트 할래? 스플래툰 할래?"
"지금은 단연코 몬헌 기분이야. 불타오르는데. 12일까지, 실력을 다시 갈고닦아야겠어!"
"와— 카이 승부욕 발휘다—."
"아니아니, 몬헌은 협력하는 게임이니까."
——그렇게.
둘이서 사이좋게 웃으며, 슬립시켜두었던 Switch를 다시 켰다.

이것이 카이와 여자 사람 친구, 준의 매일매일.
계속, 계속 이어질 것임에 틀림없다.
오늘, 그리 확신한 고등학교 생활.

에필로그

5월 3일.

슈퍼 골든 위크도 이미 후반부에 접어들었다.

하지만 카이는 아르바이트 저녁 시프트가 있었다.

오늘도 열심히 일하면서, 휴식 시간이 올 때마다 여행을 간 준과 LINE으로 대화했다.

가게 안쪽의 4인용 테이블에 앉아서 스마트폰을 만지작만지작.

이즈모 공항이라는 준한테서 펭귄이 『지금부터 돌아갑니다―』라 말하며 타박타박 걷고 있는 스티커가 날아왔다.

요츠바가 『수고했어―』라며 손을 든 스티커로 카이도 답변.

이어서 준이 메시지로,

『선물 있어.』

『감사함다!』

『언제 마쳐?』

『열 시.』

『늦어!』

선물을 주러 갈 수 없다며 화내는 준에게 시노즈카 에이지와 모리노 카즈요시가 『정말로 미안하다!』라며 손을 맞댄 스티커로 답해줬다.

동시에 메시지로,

『내일은 알바 없어.』

『그럼 아침부터 가도 돼?』

『오케이. 해전하자.』
『재미있어?』
『전차랑 또 다른 맛이 있어.』
『이기는 요령 가르쳐 줘, 경험자 씨!』
준의 빈틈없는 메시지에,
"나도 막 시작했는데 말이지."
쓴웃음을 띠었다.
그리고——.
"완전히 기운을 되찾은 듯하니 다행입니다, 나카무라 선배님."
함께 휴식 중이던 코토부키 후배가 테이블 반대쪽에서 말을 건넸다.
카이는 일단 아르바이트 후배랑 할 이야기가 있다는 메시지를 준에게 보낸 뒤에,
"알겠습니까?"
"선배님은 바로 얼굴에 드러나니까요."
"코토부키 씨 덕분입니다. 그때는 신세를 졌습니다."
"천만에요."
코토부키는 득의양양하게, 으흠—— 하고 자랑스러워했다.
건방지지만 미워할 수 없는 그 표정에도 쓴웃음을 머금으며, 카이는 떠오른 것을 말했다.
"그러고 보니, 답례를 해야겠군요."
레이나 건으로 상담에 응해주고, 프린스 선생님 건으로 등을 밀어주고. 두 번의 감사를 형태로 표현하겠다고 약속했다.

"뭔가 맛있는 걸 먹으러 가는 것은 어떨까요?"

"그것도 나쁘지 않습니다만——."

틀림없이 곧바로 받아들일 거라 생각했는데 코토부키는 가느다란 목을 가로저었다.

"——사실은 보고 싶은 영화가 있습니다."

"알겠습니다. 함께하죠."

"물론 선배가 쏘는 것을 기대해도?"

"물론 제가 쏘죠."

"영화 뒤에는, 옷을 사러 가고 싶습니다만? 물론 사달라는 말까지 하지는 않겠습니다."

"……알겠습니다. 그것도 함께하죠."

망설인 뒤에 카이는 대답했다.

여자의 쇼핑이란 남자에게는 일단 심심한 일이다. 설령 준이 상대라고 해도 회피하려고 할 정도였다.

하지만 이번에는 도움을 받은 답례니까 이러쿵저러쿵 하지 말고 함께해야 하리라.

"물론 옷은 선배가 골라 주셔도?"

"그건 물론이라고 할 만큼 당연한 일입니까?!"

"농담입니다. 하지만 남성의 의견도 참고하고 싶습니다만?"

"알겠습니다. 하지만 제 센스에 기대하지는 마십시오."

"그건 기대하도록 하죠."

쿡쿡, 짓궂게 웃는 코토부키.

그리고,

"쇼핑 뒤에는 식사하러 가고 싶습니다만."

그러면서 미리 점찍어둔 모양인지, 한 가게의 홈페이지를 스마트폰으로 보여줬다.

무척 화사한 느낌의 이탈리안 레스토랑이었다. 일단은 캐주얼로 분류되는 가게인 것 같지만 그래도 고등학생에게는 충분히 문턱이 높았다.

"……가격도 상당할 것 같군요."

"여기도 더치페이면 됩니다."

"그렇다면 함께하죠. 답례니까요."

"기대할 일이 더욱 늘었습니다."

또다시 쿡쿡, 하지만 이번에는 정말로 기쁜 듯이 웃는 코토부키.

후배의 가련한 미소를 바라보며 카이는 멍하니 되새김질했다.

'둘이서 영화 보러가고, 코토부키 씨의 옷을 골라주고, 화사한 저녁식사를 하고——.'

문득 깨달았다.

"……어쩐지 데이트 같군요?"

"데이트라면 무슨 문제라도?"

"어."

생각지 않은 대답에 카이는 깜짝 놀랐다.

"데이트라면 무슨 문제라도?"

코토부키는 거듭해서 물었다.

심술궂은, 도발적인 태도와 표정이었다.

하지만 이것은 연기다. 이 녀석은 두부 멘탈이다.

실제로 코토부키의 눈동자는 우스울 만큼 좌우로 헤엄치고 있었다.

이쪽의 대답을 기다리는 동안, 가여울 만큼 어깨를 들썩들썩했다.

본인은 감출 생각이었을 테지만 훤히 보였다.

그래서 카이는 좋든 싫든 깨닫고 말았다.

이것은 결코 농담도, 놀리는 것도 아닌── 진심.

그만 비명을 지르듯이 물었다.

"마마마말도 안 돼 너 날 좋아했어?!"

"으음, 그게, 저기, 저기………………………… 예."

카이는 이제 석상처럼 어색한 미소로, 마음속으로 절규했다.

'우리는 그냥 아르바이트 친구인데요?!'

후기

매일 노는 친구가 미소녀라면 그야 최고로 귀엽지.

이 진리에 도달할 때까지 ×십 년이 걸렸습니다.

여러분, 처음 뵙겠습니다. 혹은 오랜만입니다, 아와무라 아카미츠입니다.

이번 작품 “내 여자사람 친구가 최고로 귀여워”를 손에 들어주셔서 감사합니다.

미소녀와의 우정 알콩달콩 가득한 퓨어 프렌드 러브코미디, 즐겨주셨다면 다행입니다!

그럼 감사의 인사를 드리겠습니다.

우선은 “최고로 귀여운 여자 사람 친구”에게 형태를 주고 구현화해 주셨습니다, 일러스트레이터 mmu 님. 제가 문제 있는 구도안을 처음에 내고 말았음에도 불구하고 최종적으로는 너무나도 멋진 표지 일러스트를 제안&완성해 주셔서 면목 없고 또 감사한 마음으로 가득가득합니다만, 어쨌든 정말 감사합니다!!

담당 편집자 마이조 씨께는 뜨거운 집중 지도 등등, 항상 신세를 지고 있습니다.

저도 데뷔 10주년을 지나고 말았습니다만, GA문고 여러분께는 정말로 계—속 신세를 지기만 합니다.

동기인 토바 토오루 씨한테는 이번에도 여러모로 조언을 받았습니다. "천재 왕자의 적자 국가 재생술 ~그래, 매국하자~"의 매상과 함께 부디 폭발해 주십시오.

그리고 물론 이 책을 손에 들어주신 독자 여러분, 한 분 한 분께.

히로시마에서 최대급의 사랑을 담아서.

감사합니다!

2권에서도 여러분과 뵐 수 있기를 간절하게 바라고 있습니다. 작금의 정세라면 진짜로 장난이 아니오니, 간절하게…….

역자 후기

안녕하십니까, 본 작품의 역자입니다.

솔직히 이래도 괜찮은지 물어보고 싶을 정도로, 복자(×, ㅁ처럼 특정 글자를 가리는 표식)도 없이 게임이나 애니메이션이나 만화나 라이트노벨의 이름과 요소가 마구 나왔습니다. 대체 얼마나 나왔는지 셀 수도 없을 정도였죠. 제가 지식이 일천해서 제대로 살렸을지 걱정이 됩니다. 모쪼록 넓은 마음으로 봐주시길.

특히 메인으로 다루다시피 한 게임이라면 몬헌, 그러니까 몬스터 헌터 시리즈겠네요. 이야기에서는 아직 월드의 확장팩인 아이스본이 발매되지 않은 상황입니다만, 제가 지금 역자 후기를 적고 있는 이 시점에서는 Switch의 라이즈가 막 발매된 상황입니다. 안 그래도 바빠서 제대로 시간을 낼 수 있을지 모르는 상황이라 구매를 망설이고 있었는데, 이렇게 계속 몬스터 헌터 이야기가 나오니 어쩌겠습니까. 빨리 사서 조금이라도 건드려봐야 할 것 같습니다. 일본 경마장도 다니고 있는 터라 여러모로 힘드네요. 고루시 좋아요.

역시나 이야기에 나왔던 WOT와 WOWS는 사실 우리나라에서는 '월탱', '월쉽'으로 호칭하는 것이 더욱 일반적이죠. 그렇게 옮기는 게 나을지도 고민했습니다만 일단은 원문의 축약어를 중시하기로 했습니다. 이런 부분에서 제가 마음대로 바꾸거나 건드리기에는 아무래도 많이 불안하기도 하네요. 그래도 일본에서만 쓰이는 여러 용어들은 최대한 우리나라에서 사용하는 용어로 바꾸어 보려고 노력했습니다. 이 역시도 모쪼록 넓은 마음으로 봐주시길.

하지만 애니메이션 노래방의 노래들은…… 으음…… 이거 원곡이 있는 건가요? 이야기를 보셨다면 아시겠지만 정말로 가사가 띄엄띄엄 적혀 있어서, 혹시 원곡이 있을까 기를 쓰고 찾아봤습니다만 실패했습니다. 그래서 그대로 옮길 수밖에 없었는데…… 혹시라도 원곡이 있었다면 어쩌지…… 어어…… 일단 죄송합니다. 그저 머리를 조아릴 뿐입니다. 이 역시도 모쪼록 (이하 생략).

그럼 다음 권에서 다시 뵐 수 있기를 바라며 이만 마치겠습니다.

내 여사친이 최고로 귀여워. 1

2023년 7월 1일 1판 1쇄 발행

저 자 아와무라 아카미츠
일러스트 mmu
옮 긴 이 손종근
발 행 인 유재옥
본 부 장 조병권
담당편집 정지원
편 집 1 팀 김준균 김혜연
편 집 2 팀 정영길 조찬희 박치우 정지원
편 집 3 팀 오준영 이해빈
편 집 4 팀 전태영 박소연
디 자 인 김보라 박민솔
라 이 츠 김정미 맹미영 이윤서
디 지 털 박상섭 김지연
발 행 처 (주)소미미디어
등 록 제2015-000008호
주 소 서울시 마포구 토정로 222, 403호(신수동, 한국출판콘텐츠센터)
판 매 ㈜소미미디어
제 작 처 코리아피앤피
영 업 박종욱
마 케 팅 한민지 최원석 박수진 최정연
물 류 허석용 백철기
전 화 편집부 (070)4164-3962, 3963 기획실 (02)567-3388
판매 및 마케팅 (070)4165-6888 Fax (02)322-7665

ISBN 979-11-384-7864-9 (04830)
ISBN 979-11-384-7863-2 (세트)